风月好谈

止庵 著

商务印书馆
The Commercial Press
2016年·北京

图书在版编目(CIP)数据

风月好谈 / 止庵著. —北京:商务印书馆,2015(2016.4重印)
ISBN 978-7-100-11600-8

Ⅰ.①风… Ⅱ.①止… Ⅲ.①随笔—作品集—中国—当代 Ⅳ.①I267.1

中国版本图书馆 CIP 数据核字(2015)第 224079 号

所有权利保留。
未经许可,不得以任何方式使用。

风月好谈
止庵 著

商 务 印 书 馆 出 版
(北京王府井大街36号 邮政编码 100710)
商 务 印 书 馆 发 行
北 京 冠 中 印 刷 厂 印 刷
ISBN 978-7-100-11600-8

2015 年 10 月第 1 版	开本 787×1092 1/32
2016 年 4 月北京第 2 次印刷	印张 7⅛

定价:29.00 元

目录

序　　1

鲁迅一九三六年欲赴日疗养事　　1
鲁迅与蕗谷虹儿　　12
关于周作人　　24
记新发现的周作人《希腊神话》译稿　　53
谈编注之事　　73
夏志清的未竟之功　　88
"时代错迕则事必伪"　　95
关于一部警世之作　　99
古拉格与底线　　107

小津讲如何拍电影　113
带一本书去小津住过的房间　121
"我，艾米莉·勃朗特……"　131
我读东野圭吾　146
写在一份目录边上　151
什么是书话　158
我怎样写《惜别》　163
藏周著日译本记　175
日印中文书　198
日本旅行琐谈　209

后记　216

序

这几年去日本旅游，在东京的旧书店买到几幅日本作家写的"色纸"，都是合我心意的——我最喜爱的作家，毛笔书写，而且是汉字或以汉字为主。计有：谷崎润一郎书"心自闲"，川端康成书"風月好"，三岛由纪夫书"潮骚"和"忍"，井上靖书"天平の甍"。我不很懂书法，大概三岛水平最高，谷崎次之，川端又次之，井上则居末位。

"潮骚"和"天平之甍"均系书名，但单看字面也有意思，虽然那意思多少来自小说本身的阐释。《潮骚》要算三岛最明亮、最健康的一部作品，在他与其说是确定方向之作，不如说是划定范围之作：三岛是一位范围甚广，兼有多个方向的作家，《潮骚》可与他的《假面的告白》对照着看，从某种

1

意义上说它们正是互为表里。井上的《天平之甍》写得清正、崇高，说来作者也别有作品可以对比，即《楼兰》里的《补陀落渡海记》，主人公金光坊是一位"反鉴真"，《补陀落渡海记》也是一篇"反《天平之甍》"。井上把人性完全相反的两个极端都体会得非常周全，也非常深刻。

"忍"这说法本来寻常，但出自三岛之手就特别耐人回味了，联想到他最后的死，感觉还是没能忍住。三岛鼓动兵变，切腹自杀一事，记得当年我还是在《参考消息》上得知，此前并无机会读到他的任何作品。多年后我参观山中湖畔的三岛由纪夫文学馆，看了一部他的生平专题片，长达一小时，内容翔实，但结尾只将一束光聚到『天人五衰』手稿最后一页"『豊饒の海』完。昭和四十五年十一月二十五日"这几个钢笔字上，压根儿没提他是怎么死的。我看若松孝二导演的电影《11·25自决之日：三岛由纪夫与年轻人们》，说实话不能引起共鸣。也许就像当时人们对于三岛赴死没有共鸣一样——这是一件只对三岛自己有意义的事，而时至今日，可能对他也没有什么意义了。三岛赴死的理由很幼稚，其实也很可笑——之所以没人觉得可笑，是因为他并非一个可笑之人。不过话又说回来，三岛尽管只活了四十五年，可他做的事情大概比别人两辈子做的还要多，成就当然也大得多。

卖家告诉我，"心自闲"系谷崎晚年为高血压病所苦时写的，而在我看来，这几个字恰好用来形容这位"江户子"的一生。谷崎不少作品都与他的实际生活有点牵扯，譬如《痴人的爱》、《神与人之间》、《食蓼虫》、《疯癫老人日记》等，谷崎可以说是个自我到需要借助写作来排解的人，但他的作品始终具有一种难得的洒脱气质。加藤周一认为，谷崎的作品只是"由此岸或者现世的世界观所产生的美的反映，而且是快乐主义的反映"（《日本文学史序说》）。在我看来，谷崎毕生致力于对美的探求，这种探求如此极端，如此无拘无束——对他来说，美没有任何限度，审美方式和审美体验也没有任何限度，在这方面，放眼世界恐怕没有一位作家比得上他。

查词典，"风月"一词一指景色，一指男女情事，川端于"风月"下着一"好"字，当是取前一词义，否则就落俗套了。不过他这也是言语道断，就像苏东坡讲"月白风清，如此良夜何"，别人只须随之礼赞而已。但我倒是循后一词义牵强附会地想到川端的一些作品，觉得也是很好的概括。在我看来，风月仅限于形容某一阶段的男女情事。我读西方小说，认为库普林纯洁无瑕的《阿列霞》、《石榴石手镯》，不能算是风月之作；而丑恶得令人窒息的《亚玛街》也不是，虽然故事的那个背景常被形容为"风月场所"。川端的早期之作，比如《伊豆的舞女》，给人的感觉是清澈得很；及至到了晚期，特别是《睡美人》和《一只胳膊》，又好像特别浑浊。二者或过或不及，在我看来都与风月沾不上边，只有介乎其间的《雪国》、《千鹤》和《山音》，才是写的这回事。

这几幅字皆为我的心爱之物。我本不事收藏，近年稍涉此道，偶有收获，计划将来写本小书，以上可充就中一节。这回要将《旦暮帖》之后的文章编一集子，书名就借用了川端的"风月好"，后缀一"谈"字。当然只是中意这字面，所收篇目实与风月无甚干系。可是鲁迅不是有《准风月谈》么，那么就算步前贤后尘好了。说来我还从未谈过风月呢。这里"好"当读三声，若读四声则作"喜欢"解，是乃预先表露一点心愿，将来谈谈倒也无妨。

二〇一四年十一月八日

鲁迅一九三六年欲赴日疗养事

现在来讲这件事情,其实是旧话重提。十几年前,周海婴在回忆录《鲁迅与我七十年》中对鲁迅的死因提出质疑,由此引发了一场争论,迄今为止仍未平息,而且已被列为"鲁迅生平疑案"之一。这里只就其中所涉及的一个环节稍作梳理。说来并无新鲜材料,均见载于《鲁迅全集》。然《全集》虽非稀见,有些发议论、抒感慨的人却好像不大查阅。鲁迅身后,大家针对他说了太多的话,众声喧嚣之中,也许应该听听当初鲁迅自己对此如何说法。

《鲁迅与我七十年》有云:"叔叔(按指周建人)接着说:……记得须藤医生曾代表日本方面邀请鲁迅到日本去治疗,遭到鲁迅断然拒绝,说:'日本我是不去的!'

是否由此而引起日本某个方面做出什么决定呢？再联系到鲁迅病重时，迫不及待地要搬到法租界住，甚至对我讲，你寻妥看过即可，这里边更大有值得怀疑之处。也许鲁迅有了什么预感，但理由始终不曾透露。我为租屋还代刻了一个化名图章。这件事距他逝世很近，由于病情发展很快，终于没有搬成。"

王元化为此书所作序文则云："须藤医生曾建议鲁迅到日本去治疗，鲁迅拒绝了。日本就此知道了鲁迅的态度，要谋害他是有可能的。像这样一件重大悬案，至今为止，没有人去认真调查研究，真令人扼腕。"

不如先来"认真调查研究"一下《鲁迅全集》。我用的是一九八一年版，面世于周海婴著书、王元化作序之前，二位容或读到。据周海婴《一桩解不开的心结——须藤医生在鲁迅重病期间究竟做了些什么？》一文，周建人说那番话是在一九六九年冬，《鲁迅全集》出版时，他还健在。

一九三六年六月二十五日，许广平致曹白信（注明"由鲁迅拟稿，许广平抄寄"）云："至于转地疗养，就是须藤先生主张的，但在国内，还是国外，却尚未谈到，因为这还不是目前的事。"此乃鲁迅首次提及"转地疗养",的确出自须藤的建议,但显然并未指定日本。鲁迅自本年"三月初罹病后,本未复原,上月中旬又因不慎招凉,终至大病,卧不能兴者匝月,其间数日,颇虞淹忽"(六月十九日致邵文熔),六月六日起连日记都停笔了,至三十日才又续记。所以说"这还不是目前的事"。

七月六日,鲁迅致曹靖华:"本月二十左右,想离开上海三个月,九月再来。去的地方大概是日本,但未定实。至于到西湖去云云,那纯粹是谣言。"这里首次提及出行时间,也首次提及要去日本,但距致曹白信已有十余日,当是经过了一番考虑;但讲"大概"、"但未定实",说明还在考虑之中。

七月十一日,鲁迅致王冶秋:"医生说要转地疗养。……青岛本好,但地方小,容易为人认识,不相宜;烟台则每日气候变化太多,也不好。现在在想到日本去,但能否上陆,也未可必,故总而言之:还没有定。现在略不小心,就发热,还不能离开医生,所以恐怕总要到本月底才可以旅行,于九月底或十月中回沪。地点我想最好是长崎,因为总算国外,而知道我的人少,可以安静些。离东京近，就不好。剩下的问题就是能否上陆。那时再看罢。"至此就很清楚了：去日本，乃是鲁迅自己比较若干可能的去处之后所作出的决定——旨在安静养病，不受打扰。仍讲"还没有定"，却已与先前意思有所不同，现在所顾虑的主要是入境问题。然而因为病情缘故，致使行期由"本月二十左右"推迟到"本月底"了。

七月十二日，鲁迅日记云："下午须藤先生来诊并注射讫。"治疗暂告一段落。但十五日日记即云："九时热三十八度五分。"同日致曹白信（注明"鲁迅口述，许广平代笔"）云："注射于十二日完结，据医生说：结果颇好。但如果疲劳一点，却仍旧发热，这是病弱之后，我自己不善于静养的原故，大约总会渐渐地好起来的。"十六日日记："下午须藤先生来诊并再注射。"鲁迅再次陷入"还不能离开医生"的境况。十七日，鲁迅致许寿裳："弟病虽似向愈，而热尚时起时伏，所以一时未能旅行。现仍注射，当继续八日或十五日，至迩时始可定行止，故何时行与何处去，目下初未计及也。"

七月二十三日，鲁迅日记："下午须藤医院之看护妇来注射，计八针毕。"治疗又告一段落。同日致雅罗斯拉夫·普实克："我因为今年生了大病，新近才略好，所以从八月初起，要离开上海，转地疗养两个月，十月里再回来。"行期由"本月底"推迟到"八月初"了。

八月一日日记："上午邀内山君并同广平携海婴往问须藤先生疾，赠以苹果汁一打，《珂勒惠支版画选集》一本。即为我诊，云肺已可矣，而肋膜间尚有积水。衡体重为三八·七启罗格兰，即八五·八磅。"二日致沈雁冰："注射已在一星期前告一段落，肺病的进行，似已被阻止；但偶仍发热，则由于肋膜，不足为意也。医师已许我随意离开上海。但所往之处，则尚未定。先曾决赴日本，昨忽想及，独往大家不放心，如携家族同去，则一履彼国，我即化为翻译，比在上海还要烦忙，如何休养？因此赴日之意，又复动摇，惟另觅一能日语者同往，我始可超然事外，故究竟如何，尚在考虑中也。"同日致曹白："我的病已告一段落，医生已说可以随便离开上海，在一星期内，我想离开，但所向之处，却尚未定。……总之，就要走，十月里再谈罢。"这是鲁迅病情最乐观的一段时间了，已经说"在一星期内，我想离开"；但"赴日之意，又复动摇"——具体原因，他讲得明明白白。

鲁迅去世后不久，黄源在《鲁迅先生》一文（载一九三六年十一月一日《文学季刊》第一卷第一期）中所述，与此正相符合："那时天气渐渐热起来，他本想七八九三个月往日本去养病。起初想到镰仓，那里须藤先生有熟人，可以就近照料，但觉得离东京太近，怕新闻记者绕缠。后来想到长崎，有一天我去，看见书桌上放着两本《长崎旅行案内》之类的旅行指南书。但在长崎没有熟人，他觉得住Hotel太贵，住'下宿'或租'贷家'又太麻烦。'那时我要一天到晚给他们（指家里的人）当翻译了。'他说。'我想告雨来帮忙吧，她暑假里在东京反正天热，不读什么书，有些事情她可帮许先生应付。'我说着。……'不，她从东京赶去路太远，过些时再说罢。'他婉辞谢绝了。"所提到"雨"即许粤华，笔名雨田，黄源当时的妻子，正在日本留学。

八月七日，鲁迅致曹白："我还没有走，地点和日期仍未定，定了也不告诉人，因为每人至少总有一个好朋友，什么都对他说，那么，给一个人知道，数天后就有几十人知道，在我目前的景况上，颇不方便。信件也不转寄。一者那时当停止服药，所以也得更减少看和写；二者所住的地方,总不是热闹处所,邮件一多,容易引人注意。"同日致赵家璧:"我的病又好一点,医师嘱我夏间最好离开上海,所以我不久要走也说不定。"但就在这一天,日记云:"往须藤医院,由妹尾医师代诊,并抽去肋膜间积水约二百格兰,注射Tacamol一针,广平,海婴亦去。"自此先是须藤助手钱君,继而须藤自己每日来注射,鲁迅又复"不能离开医生"了。

八月十三日,鲁迅致沈雁冰:"说到贱体,真也麻烦,肺部大约告一段落了,而肋膜炎余孽,还在作怪,要再注射一星期看。大约这里的环境,本非有利于病,而不能完全不闻不问,也是使病缠绵之道。我看住在上海,总是不好的。"同日日记:"夜始于淡〔痰〕中见血。"病情更严重了。

八月十六日,鲁迅致沈雁冰:"转地实为必要,至少,换换空气,也是好的。但近因肋膜及咯血等打岔,竟未想及。杨君夫妇之能以装手势贯彻一切者,因两人皆于日语不便当之故也。换了我,就难免于手势急中开口。现已交秋,或者只我独去旅行一下,亦未可知。但成绩恐亦未必佳,因为无思无虑之修养法,我实不知道也。倘在中国，实很难想出适当之处。莫干山近便，但我以为逼促一点，不如海岸之开旷。"则赴日本的念头并未完全打消，而日本之外，他始终没有明确说出一个打算去的地方。

八月二十日，鲁迅致赵家璧："待到去信转辗递到，他寄回信来，我又不在上海了，……我想在月底走，十月初回来。"次日日记："下午须藤先生来注射，于是又一环毕，且赠松鱼节三枚，手巾一合。"但二十三日日记云："九时热七度八分。"二十五日致母亲："男病比先前已好得多，但有时总还有微热，一时离不开医生，所以虽想转地疗养一两月，现在也还不能去。到下月初，也许可以走了。"这是鲁迅最后一次预计出行时间。

接下来他提到此事，就显得更加悲观，八月二十五日给母亲写信后，"须藤先生来诊"，当日致欧阳山："我比先前好，但热度仍未安定，所以至今说不定何时可以旅行。"二十七日致曹靖华："我的病也时好时坏。十天前吐血数十口，次日即用注射制止，医诊断为于肺无害，实际上确也不觉什么。此后已退热一星期，当将注射，及退热，止咳药同时停止，而热即复发，昨已查出，此热由肋膜而来（我肋膜间积水，已抽去过三次，而积不已），所以不甚关紧要,但麻烦而已。至于吐血,不过断一小血管,所以并非肺病加重之兆,因重症而不吐血者,亦常有也。但因此不能离开医生,去转地疗养,换换空气,却亦令人闷闷,日内拟再与医生一商,看如何办理。"二十八日致杨霁云:"现医师不许我见客和多谈,倘略愈,则拟转地疗养数星期,所以在十月以前,大约不能相晤:此可惜事也。"

八月三十一日,鲁迅致沈雁冰:"我肺病已无大患,而肋膜还扯麻烦,未能停药;天气已经秋凉,山上海滨,反易伤风,今年的'转地疗养'恐怕'转'不成了。"先前还说"下月初,也许可以走了",现在取消计划,或与前一日日记所载"下午须藤先生来诊"不无关系,亦即鲁迅所说"再与医生一商"。黄源《鲁迅先生》则云:"因为热度始终未退,医生不准他远行。"

鲁迅此后几封信里,所说都是这个意思,如九月三日致母亲:"大约因为年纪大了之故罢,一直医了三个月,还没有能够停药,因此也未能离开医生,所以今年不能到别处去休养了。"七日致曹靖华:"至于病状,则已几乎全无,但还不能完全停药,因此也离不开医生,加以已渐秋凉，山中海边，反易伤风，所以今年是不能转地了。"十五日致王冶秋："我至今没有离开上海，非为别的，只因为病状时好时坏，不能离开医生。现在还是常常发热，不知道何时可以见好，或者不救。北方我很爱住，但冬天气候干燥寒冷，于肺不宜，所以不能去。此外，也想不出相宜的地方，出国有种种困难，国内呢，处处荆天棘地。"

以上就是鲁迅拟议赴日疗养，而最终未能成行的始末。由此可知，周海婴转述周建人所说"记得须藤医生曾代表日本方面邀请鲁迅到日本去治疗，遭到鲁迅断然拒绝，说：'日本我是不去的！'"，以及王元化所说"须藤医生曾建议鲁迅到日本去治疗，鲁迅拒绝了"，并非事实，不能构成推论的前提。至于鲁迅一九三六年九月十八日致许杰信所云："我并没有豫备到日本去休养；但日本报上，忽然说我要去了，不知何意。中国报上如亦登载，那一定从日本报上抄来的。"也不难理解：既然没有去成，自不愿别人以此作文章。

顺便说一下，其后鲁迅欲迁居法租界事，他自己也有解释。十月十一日，鲁迅日记："同广平携海婴往法租界看屋。"十二日,鲁迅致宋琳:"沪寓左近,日前大有搬家,谣传将有战事,而中国无兵在此,与谁战乎,故现已安静,舍间未动,均平安。惟常有小纠葛,亦殊讨厌,颇拟搬往法租界,择僻静处养病,而屋尚未觅定。"

我讲这些,只想说明"不是那么一回事",如此而已。有朋友说,"种种迹象表明,他内心已经预言了'七七'事变后日本对中国的全面侵略,并'提前'表明了自己不屈的姿态。"对此恕我稍有异议。我觉得鲁迅大概预言不了将近一年之后发生的事,他赴日疗养的打算即可视为一个例证;当时局势非常复杂,不光鲁迅,就连包括当轴诸公在内的其他人同样也预言不了。鲁迅甚至没有想到自己就在这年十月十九日辞世,——仅仅二十一天前,他还在致雅罗斯拉夫·普实克的信中说:"我前一次的信,说要暂时转地疗养,但后来因为离不开医师,所以也没有离开上海,一直到现在。现在是暑气已退,用不着转地,要等明年了。"然而鲁迅已经没有明年了。这是他笔下我读了最感辛酸和绝望的一节文字。

二〇一四年六月九日

鲁迅与蕗谷虹儿

周作人说:"余买书甚杂乱,常如瓜蔓相连引,如因《困学纪闻注》而及翁凤西《逸老巢诗集》,因舒白香而及龚泾舸《玉蔬轩集》,因潘少白而及姚镜塘《竹素斋集》,皆是也。"(《姚镜塘集》)买书是为了读,谷林将此种读书法形容为"汗漫游":"真像是'怡然有余乐',迷途而不知返了。"(《汗漫游》)说来我也是这么买书读书的。这两年去日本旅游,顺便逛旧书店,买到几种蕗谷虹儿的画集,即为一例。其一,他属于宗法竹久梦二的一派画家;其二,鲁迅编印过《蕗谷虹儿画选》,而鲁迅和梦二我都喜欢,借用前人一句话,就是凡与之相关的,"便皆成为好"。

我在东京的弥生美术馆看了"百花盛开！插画的黄金时代展——缅怀昭和20—30年代的插画家们"、"中原淳一的少女杂志《向日葵》展——废墟上绽开的复兴之花"等展览，才特别留心竹久梦二（一八八四——九三四）之后这批画家。包括与他并为"大正浪漫"代表人物的高畠华宵（一八八八——九六六），以及昭和年代的蕗谷虹儿（一八九八——九七九）、岩田专太郎（一九〇一——九七四）和中原淳一（一九一三——九八三）等。他们与竹久梦二相似，都是大众画家，多利用大众传播媒介，为杂志画插画，作封面。所画以美少女为主，上承竹久梦二，下启当下流行的动漫。竹久梦二已经受到西方的很大影响，但他画的人物还有较多日本味道；高畠华宵以下各位，西洋韵味更重，所谓美少女，就是洋娃娃。当然其间有些区别，高畠华宵、蕗谷虹儿所画爽朗天真，耽于幻想，少有竹久梦二之幽怨哀伤，这两位的价值观还是正面的，积极的，向上的，"大正浪漫"或许有这样一种取向，而竹久梦二就很难这么讲了。高畠华宵和蕗谷虹儿的美少女都很俊俏，相比之下，前者偏于"俊"，有股英豪气；后者偏于"俏"，更具女孩本色。稍后的岩田专太郎则可以"恶之华"形容，具有一种危险的美。更晚的中原淳一所绘既健康明媚，又妖艳蛊惑，说得上是日本的"洛丽塔"。川端康成曾说在竹久梦二家中见着一个女人，"她的动作，一举手一投足，简直像是从梦二的画中跳出来的"；如果要问我在现实里愿意遇到上述几位哪个笔下的人物，也许还得说是蕗谷虹儿的。中原淳一直接影响了动漫，而在从竹久梦二到中原淳一的演变过程中，蕗谷虹儿是必不可少的一环。

日本的出版物，要数上世纪七八十年代印得最为精致，最是漂亮。蕗谷虹儿晚年赶上这个时期，出过几种装帧印刷特别讲究的书。譬如『岬にての物語』（牧羊社，一九六八年），三岛由纪夫著，蕗谷虹儿装帧插画，卷首有三岛墨笔署名，虹儿手彩色画一幅，限定三百部，我的一册编号"12"；『虹児の画集』（大门出版美术出版部，一九七一年），蕗谷虹儿装帧，卷首有画家手彩色画一幅，版画两幅，限定一千部，我的编号"108"；『蕗谷虹児抒情画大集』（講談社，一九七四年），卷首有画家肉笔画"花嫁人形"一幅，限定八百部，我的编号"395"。另外还有一本『蕗谷虹児抒情画集』（講談社,一九六八年),卷首有画家手彩色画"序の曲"。我还买了一幅蕗谷虹儿所绘色纸"蔷薇",挂在自家的书房。虽然,蕗谷虹儿并非特别不得了的画家,至少远远不及竹久梦二。而在中国,蕗谷虹儿常被提起,大概只是因为鲁迅的缘故。

查鲁迅日记,一九二七年十月八日云:"上午从共和旅社移入景云里寓。……下午往内山书店买书三种四本,九元六角。"同日书账,有"『虹儿画谱』一二辑二本四·〇〇"。这是鲁迅最早购买的蕗谷虹儿作品。原版『虹儿画谱』在东京神保町还能见着,共三辑,其一二辑为『睡蓮の夢』和『悲しき微笑』。鲁迅一九二八年三月三十日日记云:"往内山书店买书八本,共泉二十七元五角。"同日书账,有"『私の画集』一本,一·四〇"。这也是虹儿的作品。

一九二八年十一月《奔流》第一卷第六期发表鲁迅翻译的蕗谷虹儿诗作《坦波林之歌》,介绍有云:"作者原是一个少年少女杂志的插画的画家,但只是少年少女的读者,却又非他所满足,曾说:'我是爱画美的事物的画家,描写成人的男女,到现在为止,并不很喜欢。因此我在少女杂志上，画了许多画。那是因为心里想，读者的纯真，以及对于画，对于美的理解力，都较别种杂志的读者锐敏的缘故。'但到一九二五年，他为想脱离那时为止的境界，往欧洲游学去了。印行的作品有《虹儿画谱》五辑，《我的画集》二本，《我的诗画集》一本，《梦迹》一本，这一篇，即出画谱第二辑《悲凉的微笑》中。"

一九二九年一月二十四日，鲁迅作《〈蕗谷虹儿画选〉小引》，有云："现在就从他那画谱《睡莲之梦》中选取六图，《悲凉的微笑》中五图，《我的画集》中一图，大约都是可显现他的特色之作，"即在其所购买的三册画集之中遴选。同月，鲁迅编辑的《蕗谷虹儿画选》由上海朝华社出版，列为"艺苑朝华第一期·第二辑"。此书"从第一到十一图，都有短短的诗文的，也就逐图译出，附在各图前面了"，所以一九三二年撰《鲁迅译著书目》将此列为一种，注明"并译题词"，而与"译著之外，又有""所印行者"的《士敏土之图》等有所区别。后人编《鲁迅译文集》之类，却忽略了鲁迅此种安排。

鲁迅说："'Modern Library'中的A.V.Beardsley画集一入中国，那锋利的刺戟力，就激动了多年沉静的神经,……但对于沉静,而又疲弱的神经,Beardsley的线究竟又太强烈了,这时适有蕗谷虹儿的版画运来中国,是用幽婉之笔,来调和了Beardsley的锋芒,这尤合中国现代青年的心,"大致可见他对于蕗谷虹儿的理解。虹儿的画,我最早就是在这一本里看到的,但都是些黑白版画,可以领略他的"线"及"形",却无法欣赏他的"色",而在我看来,恐怕后一方面更足以见出虹儿之为虹儿。

《蕗谷虹儿画选》出版后,鲁迅一九二九年二月十三日日记云:"上午收侍桁代购寄之*Künster-Monographien*三本,『銀砂の汀』一本。"同日书账,有"『銀砂の汀』一本　一·三〇"。『銀砂の汀』系『虹児画譜』第三辑。可知虽然没来得及采用,但还是凑齐了这套书。鲁迅购买蕗谷虹儿作品,也就到此为止了。据《鲁迅手迹和藏书目录》,他只有"『私の画集』　蕗谷虹児绘　大正十四年(1925)　东京交蘭社　六版　精装"和"『虹児画譜』(1—3卷)　蕗谷虹児著并绘　大正十四至十五年(1925—26)　东京交蘭社　三册　精装"。

鲁迅在《〈蕗谷虹儿画选〉小引》中再次谈及"作者现在是往欧洲留学去了,前途正长,这不过是一时期的陈迹",然而终蕗谷虹儿一生,其实并未超出"一个少年少女杂志的插画的画家"。

日本学者小泉和子一九七八年写过一篇《鲁迅和蕗谷虹儿》(夏凡译,载《上海鲁迅研究》,学林出版社,一九八八),有云:"鲁迅的旧居中是否贴有蕗谷虹儿的绘画,是我到中国希望考察的内容之一。起因是听画家吉井忠说起,他在约十年前参加美术团体访华时,在上海的鲁迅旧居,见到书房的墙上贴着蕗谷虹儿的画。"结果,"这次我前去时,鲁迅旧居中已没有虹儿的绘画。"这很有意思,涉及鲁迅对蕗谷虹儿到底喜欢到什么程度。——之所以提出这一问题,盖因一九三三年二月,即《蕗谷虹儿画选》出版四年之后,鲁迅在《为了忘却的记念》中说,当初他和柔石等组织朝花社,"目的是在绍介东欧和北欧的文学,输入外国的版画,因为我们都以为应该来扶植一点刚健质朴的文艺。接着就印《朝花旬刊》,印《近代世界短篇小说集》,印'艺苑朝华',算都在循着这条线,只有其中的一本《蕗谷虹儿画选》,是为了扫荡上海滩上的'艺术家',即戳穿叶灵凤这纸老虎而印的。"虹儿自与"刚健质朴"无缘,但"艺苑朝华"另有一本《比亚兹莱画选》，鲁迅《小引》所云"略供爱好比亚兹莱者看看他未经撕剥的遗容"，也是针对叶灵凤说的，却未在此特别提出，好像其间有些差别。

叶灵凤自己在《读郑伯奇先生的〈忆创造社〉》一文（载《晚晴杂记》，上海书局，一九七一）中说："我第一次有机会见到他（按指郑伯奇），那已经是创造社出版部成立以后的事。好像是一个夏天，他从东京回到了上海，高高的身材，戴着金丝眼镜，似乎对我当时所画的比亚兹莱风的装饰画很感到了兴趣。我清晰的记得，他带我去逛内山书店，知道我是学画的，而且喜欢画装饰画，便用身边剩余的日本钱在内山书店买了两册日本画家蕗谷虹儿的画集送给我。这全是童话插画似的装饰画，使我当时见了如获至宝，朝夕把玩，模仿他的风格也画了几幅装饰画。后来被鲁迅先生大为讥笑，说我'生吞比亚兹莱，活剥蕗谷虹儿'，他自己特地选印了一册蕗谷虹儿的画选，作为艺苑朝花之一，大约是想向读者说明并不曾冤枉我的。"郑伯奇归国和创造社出版部成立皆在一九二六年，而叶灵凤与鲁迅接触蕗谷虹儿都是藉由内山书店这一渠道，他们所买的没准还是同样两本书呢。

鲁迅起初翻译蕗谷虹儿的《坦波林之歌》，似乎还是凭一己兴趣予以介绍；但是《〈蕗谷虹儿画选〉小引》所云，"他的摹仿就至今不绝"，"但可惜的是将他的形和线任意的破坏，——不过不经比较，是看不出底细来的"，"虽然中国的复制，不能高明，然而究竟较可以窥见他的真面目了"，"现在又作为中国几个作家的秘密宝库的一部份，陈在读者的眼前，就算一面小镜子，——要说得堂皇一些，那就是，这才或者能使我们逐渐认真起来，先会有小小的真的创作"，就都确有所指了。这是最见鲁迅个性的：为戳穿一个剿袭者，竟专门编印一本书，真乃嫉恶如仇，且不惮费时费力。

鲁迅另一非他莫办的举动，也与叶灵凤相关。一九二九年十一月《现代小说》第三卷第二期载叶灵凤的小说《穷愁的自传》，其中人物魏日青说："照着老例，起身后我便将十二枚铜元从旧货摊上买来的一册《呐喊》撕下三页到露台上去大便。"对此鲁迅并未理会。五年后，《呐喊》中的《阿Q正传》被人改编为剧本，连载于《中华日报》副刊《戏》，叶灵凤著文评论并绘阿Q像，鲁迅才在《答〈戏〉周刊编者信》中说："好像我那一本

《呐喊》还没有在上茅厕时候用尽,倘不是多年便秘,那一定是又买了一本新的了。"鲁迅似乎一直在等着叶灵凤"自投罗网",隔得越久,这报复就越有力量。此之谓"寸铁杀人",实在是无人可及。

话扯远了,回到本文开头,我提到买蕗谷虹儿的画集,系由竹久梦二与鲁迅牵连而来。这两个人均为我所喜爱,但他们之间并没有什么确实的联系。前些时我在报上看见一篇讲"竹久梦二的中国之旅"的文章,有云:"诚然,鲁迅著作中没有提到竹久梦二,他没有收藏竹久梦二的画,就连他日记的'书帐'中也没有购置竹久梦二画集的记载。……然而,鲁迅还是留下了关于竹久梦二的片言只语。一九二七年十一月二十七日鲁迅日记云:'黄涵秋、丰子恺、陶璇卿来。'黄、丰、陶三位当时均为上海立达学园美术教师,黄、丰两位由陶元庆(字璇卿)引见鲁迅。据丰子恺女儿丰一吟在《潇洒风神——我的父亲丰子恺》中记载,正是在这次会见时,鲁迅与丰子恺谈到了竹久梦二。丰一吟这样写道:鲁迅还和丰子恺谈到美术方面的事,问丰子恺对日本美术界有什么看法。丰子恺表示自己喜欢竹久梦二和蕗谷虹儿的画风。鲁迅也表示同感,他说：'……竹久梦二的东方味道浓，蕗谷虹儿的西洋风味多……'"按丰一吟生在鲁迅与丰子恺见面一年半之后，这自然不会是她亲耳所闻；追本溯源，乃是转述《丰子恺"往事憬然"忆鲁迅》一文里的话。据作者说，丰子恺晚年告诉他："鲁迅问了我对日本美术界的看法，我告诉他：我对竹久梦二和蕗谷虹儿的画的风格非常钦慕。特别是竹久梦二，往往寥寥数笔，不仅以造型的美感动我的眼，还以诗的意味感动我的心。鲁迅同意我的看法，他说'蕗谷虹儿的画风也这样，用幽婉之笔，描画出美的心灵……不过竹久梦二的东方味道浓，蕗谷虹儿的西洋风味多……'鲁迅非常感慨'中国美术界的沉寂、贫乏与幼稚'，还希望陶君和我'多做一些提倡新艺术的工作'。他还告诉我们，为了使中国的美术青年有所借鉴，他正在编辑一套'艺苑朝华'，准备把《蕗谷虹儿画选》作为其中的一辑，介绍到中国来……"这里"用幽婉之笔"，见于鲁迅《〈蕗谷虹儿画选〉小引》；而"特别是竹久梦二，往往寥寥数笔，不仅以造型的美感动我的眼，还以诗的意味感动我的心"，则与一九三四年五月上海开明书店出版的丰子恺著《绘画与文学》中所说"这寥寥数笔的一幅画，不仅以造型的美感动我的眼，又以诗的意味感动我的心"相同。两个人都说自己以后写在文章里的话，煞是奇怪。我由此怀疑丰子恺是否真的有过这么一番回忆，连带着对于鲁迅是否真的了解竹久梦二也不敢肯定了。

二〇一二年十二月九日

关于周作人

答《南方人物周刊》问

问：有种说法，周作人对日本文化的好感，是导致他附逆的原因之一。

答：关于周作人和日本的关系，我觉得有一个最大的误解，就是认为周作人亲近日本文化，想以它来替代中国文化。有这种看法的人，第一是不了解日本文化以及它与中国文化的关系；第二是没搞清楚周作人是如何看待日本文化的；另外，也不了解一九三八年以后周作人的基本想法。

第一点说来话长，我就不展开了。这里只说第二、三点。从一九〇六年去日本到一九四五年，四十年里周作人对日本文化的言论都在那儿。这里面有一些共同的东西：

像很多人一样，他也做比较，也认为日本文化在某些方面有优势，但这优势体现在文化本身，而从来没有说过体现在政治上。"七七事变"前他写的四篇《日本管窥》，还有两篇《谈日本文化书》，讲到日本有两种代表，一种是"贤哲"，另一种是"英雄与无赖"，他对于前者很推崇，而对于后者则从来没有好言语。他说："英雄者实在乃只是一种较大的流氓"（《谈日本文化书（其二）》）。他并不主张以文化研究的结论来概括一个民族的一切。他说，这种结论其实只能应用在文学艺术上，而拿去解释同一国民的别的行动便不适合，所以无法以此为依据来解释其全部国民性。

周作人认为："文化是民族的最高努力的表现，往往是一时而非永在，是少数而非全体的，故文化的高明和现实的粗恶常不一致。"（《谈日本文化书》）他也说过，"日本人最爱美，这在文学艺术以及衣食住的形式上都可看出，不知道为什么在对中国的行动显得那么不怕丑。日本人又是很巧的，工艺美术都可作证，行动上却又那么拙，日本人喜洁净，到处澡堂为别国所无，但行动上又那么脏，有时候卑劣得叫人恶心。"（《日本管窥之四》）

"（日本对于中国）现在所有的几乎全是卑鄙龌龊的方法，与其说是武士道还不如说近于上海流氓的拆梢。"（《谈日本文化书（其二）》）即使在华北伪政府任职之后，他所喜爱的仍仅限于日本的民间艺术或文人画师的作品所体现的文化。这种态度一直延续始终。

问：您在《周作人传》里讲，一九三八年以后周作人的想法和做法跟汤尔和有很大关系，说汤是周作人除了鲁迅以外唯一甘愿追随的人。此话怎讲？

答：要理解这一时期的周作人，汤尔和至关重要。他比周作人年长七岁，早年留日留德，学医，加入过同盟会。他当过我们北京医科大学前身北京医学专门学校的校长，是中国现代医学的创始人。我在孔夫子网上查过，当年诊断学、解剖学、组织学、外科学、内科学、妇科学、眼科学、微生物学和免疫学等医学教科书，都是他一个人编译的。他对学界有左右之力，陈独秀当年因为"私德不修"离开北大也与他有关，他还当过北洋政府的教育总长、内务总长、财政总长。他跟日本人的关系同样很深。

汤尔和在一九三七年四月至七月办过一本《舆论周

刊》，总共出了十五期，周作人因为给这份刊物写稿开始与他有所往来。最近藏书家谢其章送我一册《舆论周刊》的影印合订本，上面有汤尔和的四篇文章。光从这些文章来看，汤尔和的主张比较接近胡适，态度比较平和，但还是能够明辨是非的。

后来出任伪职的人，立场其实也存在着种种差异，并不一概都像给日本天皇写"八紘一宇浴仁风，旭日紫辉递貌躬。春殿从容温语慰，外臣感激此心同"这路诗的王揖唐那样。不过通常认为，对于一总被归入汉奸之列的，再做区分似乎没有什么意义。

问：论真正交往，汤周也是在一九三七年之后，追随二字如何成立？

答：一九三七年底华北伪政府成立，汤尔和是核心人物之一；一九四〇年汪伪政府成立，他出任伪华北政务委员会教育总署督办，没过多久他就死于肺癌。周作人接替了他的职务。

这里需要说到一九八〇年代中期沈鹏年所发掘的一批新的材料，这些材料后来引起轩然大波。材料都是关于周作人当年出任伪职一事的，涉及当时中共地下党是否动员周作人"出山"以阻止更为糟糕的人选。在我看来，尽管其中许宝骙针对"口述"另写文章，而王定南先是签字确认后又加以否认，他们俩的说法一致又不一致，其实并未超出周作人一九四九年七月写给周恩来的信中那句"大家觉得有占领之必要"所涵盖的范围，只是在"大家"都包括哪些人、哪些政治势力，而这些人或势力愿不愿意认账等方面说法不一而已。但是最终仍如周作人自己所说，"我考虑之后，终于接受了"。

我比较看重的是其中两份材料：一份是陈涛的《我所知道的周作人》。当时他是伪临时政府教育部直辖编审会中方副编纂，中共地下党员。据陈涛回忆，编审会第一次开会时，"日方总编纂即提出教科书中应加入'新民主义'的问题。我当时立即以种种理由表示反对意见"，"最后由汤尔和表示教科书应以传授知识为主，最好不要把有倾向性的政治色彩的东西装进去，加入'新民主义'事可暂不考虑。""汤病故后由周作人继任教育总署督办后，也没有旧事重提"，"伪教育总署对教科书的编辑方针及态度毫无变化，基本上与汤尔和时代是一致的。"

另一份是高炎的《周作人在北平沦陷以后》，高也是中共地下党员，一九三八年四月至一九四二年六月，他在《庸报》北平支社采访部当记者。高炎说，他曾以《庸报》记者的身份采访过一九三八年二月日本《大阪每日新闻》社在北平召集的"更生中国文化建设座谈会"。现在关于此事的唯一史料来源是《大阪每日新闻》三个月后所发的报道，高炎则讲了他作为当事人的所见所闻，虽然当时他做的记录在会议结束时被日本陆军特务部的人没收，但根据他的回忆，周作人在会上说的是："日本文化自有独立的价值。但是，不容讳言，日本文化是以中国文化及西洋文化为根本则是事实。其中年代最久、影响最深的是汉文化的影响。""三十年来确实研究过日本文化，最近感到研究的结果是不懂。过去从文化上艺术上所了解的日本，和现在好像不是一回事。只能说，越研究越不懂。所以，今后只能不谈不写了。""现在两个国家在外交上、政治上、军事上都糟到如此地步，我的看法是，不妨让文化仍旧保持她的清白，留作将来的余地罢。"

一九四一年一月至一九四三年二月，周作人出任伪华北教育总署督办，而高炎从一九四〇年十一月至一九四二年六月兼任伪督办秘书，也就是与周作人有一年半的上下级关系。据高炎回忆，周作人继任后，基本上沿袭汤尔和对教育的方针和态度。一九四五年抗战胜利后，国民政府教育部长朱家骅也承认，"华北教育不曾奴化"。

问：但是周作人确曾在电台里代表伪政府广播，访日时还去慰问日本伤兵、进出神社。

答：关于其中"进出神社"一点，这只是一九四一年四月十五日发行的《庸报》报道的日本为周作人一行安排的一九四一年四月十四日"行程"之一。然据倪墨炎《苦雨斋主人周作人》，当日"计划没有实现"，周氏一行未去靖国神社。周作人四月十六日参拜过汤岛圣堂，即孔庙。至于周作人在伪教育督办任内出席或召开会议、参加招宴、率东亚文化协会评议员代表团赴日、前往外地视察、作为汪精卫的随员访问伪满洲国、发表讲演和广播讲话、举办培训班、参加新民会青少年团中央统监部成立大会并任副总监，等等，我在《周作人传》中已经说过，这都是职务行为，但"责任均应由职务人承担"。

周作人一生的思想，他自己概括为两条：伦理之自然化,道义之事功化。"前者是根据现代人类的知识调整中国固有的思想,后者是实践自己所有的理想适应中国现在的需要。"(《我的杂学》)他认为这两条是中国的当务之急。

问:这是不是意味着,为了事功,为了那个结果,道义是可以牺牲的,手段可以是无所谓的?这确实是近代以来的思维方式。

答:周作人的意思不是这样,他是说:道义要落实于事功,事功体现道义,但事功不能取代道义。我们得把道义之事功化这主张放到那个时代里去看,他是有针对性的。一九三三年他写《颜氏学记》一文,从颜元"严重地责备偏重气节而轻事功的陋习"得到启发,提出:"生命是大事,人能舍生取义是难能可贵的事,这是无可疑的,所以重气节当然决不能算是不好。不过这里就难免有好些流弊,其最大的是什么事都只以一死塞责,虽误国殃民亦属可恕,一己之性命为重,万民之生死为轻,不能不说是极大的谬误。"他说:"那种偏激的气节说虽为儒生所唱道,其实原是封建时代遗物之复活,谓为东方道德中之一特色可，谓为一大害亦可。"以后他更提出重新评价岳飞秦桧："中国往往大家都知道非和不可，等到和了，大家从避难回来，却热烈地崇拜主战者，称岳飞而痛骂秦桧，称翁同龢刘永福而痛骂李鸿章，皆是也。"（《关于英雄崇拜》）

周作人又说："文天祥等人的唯一好处是有气节，国亡了肯死。……这种死于国家社会别无益处。我们的目的在于保存国家，不做这个工作而等候国亡了去死，就是死了许多文天祥也何补于事呢。我不希望中国再出文天祥，自然这并不是说还是出张弘范或吴三桂好，乃是希望中国另外出些人才，是积极的，成功的，而不是消极的，失败的，以一死了事的英雄。"（《关于英雄崇拜》）他对古希腊斯巴达首领勒阿尼达思率三百将士守温泉峡，最后全部战死的事迹是很推崇的。他反对的其实是以气节逃避责任的人。我写《神奇的现实》一书，讲到庚子事变后期李秉衡来京勤王，受命率军抗击八国联军，当时主战主和两派都寄望于他，可这主帅刚到战场，也就是北京通县张家湾，就自杀了，写的遗书说"天下事从此不可问罪臣"。结果全军不战自溃。我说：这是以最负责任的方式，造成最不负责任的结果。所满足的是一己的道德完善；国家，百姓，职责，和自己所被寄予的期望，都可以成为代价。

周作人对于"气节"的认识，与他反对"三纲"的思想是一致的——在绍兴的周氏家族里，太平天国时期忠臣节妇都出过——他说，妻子为丈夫殉节，而"君与臣的关系，则是援夫为妻纲的例而来"（《〈虎牢吟啸〉后序》）。"若在中国则又略有别，至今亦何尝有真气节，今所大唱而特唱者只是气节的八股罢了，自己躲在安全地带，唱高调，叫人家牺牲，此与浸在温泉里一面吆喝'冲上前去'亦何以异哉。"（《颜氏学记》）

周作人对国民政府的不满也在这里。九一八事变后，他对记者说："咒骂别国的欺侮，盼望别国的帮助，都靠不住，还只有自己悔悟，自己振作，改革政治，兴学，征兵；十年之后可以一战，但是大家阿Q式的脾气如不能改，则这些老生常谈也无所用，只好永远咒骂盼望而已。"（《老生常谈》）从一九三一年九一八事变到一九三七年卢沟桥事变，其间有六年时间，蒋介石提出攘外必先安内，对日本入侵华北乃至整个中国一点不做准备。周作人对中国的现实很感绝望。

问：于是他释褐，去追求他理念中的"事功"。

答：周作人的思想有个矛盾的地方，一方面，他提出"教训之无用"，另一方面，又讲"道义之事功化"，既想做一个纯粹的思想者，又强调身体力行。当然也可以说，"教训之无用"是针对受众的，"道义之事功化"是针对自己的。道义之事功化，可以追溯到青年时代初读佛经的感悟。比如他读了《投身饲饿虎经》，被其中"美而伟大的精神"所感，认为大禹和墨子也是有这种精神的。他说中国古代圣贤喜欢讲尧舜，讲得多半玄远，还不如大禹，较有具体的事实。

一九三八年底，周作人与住在上海的沈尹默唱和，我觉得两人各有一首诗很值得重视。周作人的诗是：

禹迹寺前春草生，沈园遗迹欠分明。

偶然拄杖桥头望，流水斜阳太有情。

沈尹默读之"怏然"，回寄一诗：

一饭一茶过一生，尚于何处欠分明。

斜阳流水干卿事，未免人间太有情。

周作人说沈"指点得很不错"，但自己"觉得有此怅惘，故对于人间世未能恝置，此虽亦是一种苦，目下却尚不忍即舍去"（《苦茶庵打油诗》）。周作人的诗中，所体现是一种儒家的态度，对于当下的现实很表关切；而沈尹默则是道家立场，认为所发生的一切和你没有关系，不必管它。说句老实话，我对于周作人能够理解，但我更倾向于沈尹默。

不过根据木山英雄《北京苦住庵记：日中战争时代的周作人》披露的史料，当年劝诱周作人出马的日本人都很意外，桥川时雄事先预估的可能性是"百分之一"，并说，"若是我的话不会出马的。"在日方的估计里，周作人"恐怕不会放弃高蹈的文人生活而进庸俗絮烦的官场"；如果他坚辞，他们也没打算勉为其难。但没想到，他答应了。对此谷崎润一郎也曾写文章表示不同意见。但周作人考虑过了，决定了，就不再改主意了。这里也可看出，他骨子里有绍兴师爷那种很硬很倔的东西。直到晚年，他都没有做过"忏悔"。

问：可能就像海德格尔之于纳粹，那是他的"信"。

答：周作人与海德格尔是不同情况的问题，与挪威拥护德国纳粹的哈姆生情况也不同，虽然他们都有很大问题。回到周作人，这里涉及：第一，"个人气节"跟"民族"、"国家"之间，到底是什么关系？第二，他所谓"事功"，究竟有多大意义？一九四五年日本投降前，周作人写了《谈胡俗》，着眼于中华民族的自我维系能力，既然如此，反而显得他的"事功"未免多此一举了。即使汤尔和、周作人期望的"维持教育、抵制奴化"确实做到了，又能怎么样呢？在我看来，至少从一九三八年北京各公办大学开学到一九四五年抗战胜利这段时间意义不大，不过短短七年，连两届学生都不到——这当然是事后的评估，当初周作人就像不少中国人一样，认为中国是不可能战胜日本的。

有一次跟一位朋友对谈，有听众问：如果一九三七年你留在沦陷的北平，会不会做汉奸？朋友开玩笑说他会。我说我不会，我有个榜样，就是废名，当时他去湖北老家山区去当小学教员，等到抗战胜利后回到北平。顺便说一句，废名对周作人一直很尊敬，在抗战胜利后公开著文说："知堂老简直是第一个爱国的人，他有火一般的愤恨，他愤恨别人不爱国，不过外面饰之以理智的冷静罢了。……他只注重事功，（这或者是他的错误！）故他不喜欢说天下后世,倒是求有益于国家民族。"(《莫须有先生坐飞机以后》)不过也要提到另外一点,他看到周作人在督办任上翻修了八道湾的房子,也曾流露出不满。

问:周作人是否有虚无主义倾向?有没有影响到他的民族观、国家观?怎样理解他的这一思想:个人的生存高于民族气节?

答:一九三七年,周作人写过一篇《关于自己》的文章,把俄罗斯的虚无论者克鲁泡金(今通译克鲁泡特金)列为对自己有重大影响的四个人之一,他说:"所谓虚无论的意思实在只是中国所云无征不信,换句话说就是唯物的人生观,重实证而轻理想。"周作人确有这种"虚无论"的倾向,但恐怕不是你所说的那一种。一九三六年鲁迅去世,周作人写了《关于鲁迅》,其中说:"鲁迅写小说散文又有一特点,为别人所不能及者,即对于中国民族的深刻的观察。大约现代文人中对于中国民族抱着那样一片黑暗的悲观的难得有第二个人吧。"实是引亡兄为平生难得的知己。关于周作人自己这方面的思想,最能代表的是他写的三句话,一是:"昔巴枯宁有言,'历史唯一的用处是警戒人不要再那么样',我则反其言曰'历史唯一的用处是告诉人又要这么样了!'"(《问星处的豫言》)一是:"盖据我多年杂览的经验,从书里看出来的结论只是这两句话,好思想写在书本上,一点儿都未实现过,坏事情在人世间全已做了,书本上记着一小部分。"(《灯下读书论》)一是:"积多年的思索经验,从学理说来人的前途显有光明,而从史事看来中国的前途还是黑暗未了。"(《凡人的信仰》)

他还讲过,"希腊有过梭格拉底,印度有过释迦,中国有过孔老,他们都被尊为圣人,但是在现今的本国人民中间他们可以说是等于'不曾有过'。"(《教训之无用》)周作人没有表达过"个人的生存高于民族气节"的意思。他说的是:"我实在可叹,是一个很缺少'热狂'的人,我的言论多少都有点游戏态度。我也喜欢弄一点过激的思想,拨草寻蛇地去向道学家寻事,但是如法国拉勃来那样只是到'要被火烤了为止',未必有殉道的决心。"(《与友人论性道德书》)这一态度倒可能与一九三九年元旦遇刺后,随即接受汤尔和送来的伪北京大学图书馆长的聘书有些关系。据周作人判断,元旦的刺客来自日方。无论这一判断正确与否，它显然对周作人随后做出的抉择产生了影响，因为，出任伪职可以消除他所面临的生命危险，——刺客若是来自重庆，出任伪职只能使他面临更大的死亡威胁。如果说此前周作人尚且与日方敷衍周旋，虚与委蛇，现在他不肯也不敢这样做了。

问：我读了您最新的《关于周氏兄弟失和》文章，如读侦探小说，依然"不知究竟"。

答：我向来反对臆测、演义，对于周氏兄弟失和，这样的臆测和演义已经太多了。我所做的，只把目前所有的相关材料都列举出来并一一辨析，的确像是写侦探小说一样，但写到快破案那儿——在埃勒里·奎因的小说里，往往专门安排一个"挑战读者"的环节——就停笔了。实际上，认真读这文章，读者可能得出一个结论。只是还缺少一个板上钉钉的材料来坐实，所以我没下结论。我只能说，兄弟失和不是因为什么——我可以明确地说，不是因为经济原因。

这里可以补充几点：第一，周氏兄弟失和过程，鲁迅和周作人的日记都有记载，但他们的记载有可能考虑到后人会看到日记,所以有些话可能是故意那么说的,这就造成了前后抵牾之处。至于不想让别人看到的内容,则像周作人所做的那样,在将日记卖给鲁迅博物馆之前剪去了最关键处的十来个字。

第二,我们还要考虑到有关此事的文章多为更接近失和的一方即鲁迅的人所写,而且又是写在周作人"落水"之后,这或许会带有某种倾向性;至于那些更晚一点出现的材料,尤其是"文革"时期出现的材料,就更应该打上个问号了。举个例子,我对俞芳一九八一年出版的《我记忆中的鲁迅先生》就深表怀疑,因此在写《周作人传》时没有采用,现在写《关于周氏兄弟失和》也没有采用。

第三,周作人晚年日记中有关羽太信子"易作"的记载,有人据此推断一九二三年七月十七日周作人日记所记"池上来诊"是给癔病发作的信子看病,在我看来,只是因为十几乃至三四十年后某人身上出现的症状就要断定他或她当初早已患病,证据似乎不够充分;更不必说仅仅依据"推想"和"假如"而得出的结论了。我觉得,作为学者多少应该具备一点逻辑思维的能力。此点我在文章中已经提到,不妨重申一下。

第四，检视周作人的日记不难看出，池上医生其实是给时年六岁的周鞠子（周建人与羽太芳子的女儿）看病，而不是给羽太信子看病的。鲁迅七月十四日日记载："是夜始改在自室吃饭，自具一肴，此可记也。"周作人七月十八日致鲁迅函云："我昨日才知道，——但过去的事不必再说了。"可以将二者联系在一起的，只有周作人七月十五日日记所记"マリ子病，池上来诊"、十六日所记"池上来诊"和十七日所记"池上来诊"。

问：羽太信子到底是个什么样的女子？有没有人研究过她？

答：羽太信子在某种程度上被妖魔化了，这包括许寿裳一九四七年出版的《亡友鲁迅印象记》，和许广平一九六一年出版的《鲁迅回忆录》。就目前的资料来看，第一个公开提及羽太信子的是郁达夫，广为流传的是他一九三九年发表的《回忆鲁迅》中的一段话："据凤举他们的判断，以为他们兄弟间的不睦，完全是两人的误解，周作人氏的那位日本夫人，甚至说鲁迅对她有失敬之处。但鲁迅有时候对我说：'我对启明，总老规劝他的，教他用钱应该节省一点，我们不得不想想将来。但他对于经济，总是进一个花一个的，尤其是他那位夫人。'从这些地方，会合起来，大约他们反目的真因，也可以猜度到一二成了。"这段话常被论家引用。但在同一篇文章里，紧接着这段话，郁达夫还说："不过凡是认识鲁迅，认识启明及他的夫人的人，都晓得他们三个人，完全是好人；鲁迅虽则也痛骂过正人君子，但据我所知的他们三人来说，则只有他们才是真正君子。"从中我们似乎可以看出，史料有时候根据需要是被裁剪了的。

据我所知，迄今没有关于羽太信子的专门研究。我也不认为羽太信子在周作人的一生中起过什么特别重要的关键作用。

问：有人说，周作人之所以会娶这位矮个子、圆圆脸的日本女子为妻，是因为她身上的母性。

答：在我看来，类似这种完全没根据的说法纯属添乱。一九六二年四月八日羽太信子病逝。次年二月二十日，周作人在日记中写道："余与信子结婚五十余年，素无反目情事。晚年卧病，心情不佳，以余弟兄皆多妻，遂多猜疑，以为甲戌年东游时有外遇，冷嘲热骂，几如狂易。日记中所记，即指此也。及今思之，皆成过去，特加说明，并志感慨云尔。"这是周作人关于信子写得最多的一段文字。信子周年忌辰时，周作人又写道："忆戊申（一九〇八）年初次见到信子，亦是四月八日也。"关于她的为人和性格，我们所知极为有限，多半是人云亦云，以讹传讹。我曾去八道湾问过周家当年的邻居，得到的都是正面评价，当然也是浅浅的印象罢了。

问：周作人对兄长鲁迅、弟弟周建人私生活的评价，看起来有点不近人情，他明知道他们的婚姻不幸福，尤其是鲁迅，包办婚姻。

答：这里面有许多原因。从一九〇六年周作人写《孤儿记》起，他的人道主义思想基本成形，而他对于妇女格外同情，觉得女子多半处在弱势地位。后来周作人又参加了"进德会"（按，进德会为民国元年吴稚晖、李石曾、张溥泉、汪精卫等发起，复为蔡元培大力提倡，有不赌，不嫖，不娶妾的三条基本戒；又有不作官吏，不作议员，不饮酒，不食肉，不吸烟的五条选认戒），所以对在他看来属于"纳妾"的兄与弟始终不肯谅解。

曾经有个叫阮真的，写文章说自己决意与妻子离婚，并自称是这一关系里的牺牲，在《晨报副刊》上引发了一番争论，当时周作人说："世间万事都不得不迁就一点；如其不愿迁就，那只好预备牺牲，不过所牺牲者要是自己而不是别人：这是预先应该有的决心。倘或对于妻儿不肯迁就，牺牲了别人，对于社会却大迁就而特迁就，那又不免是笑话了。"（《离婚与结婚》）此话讲在兄弟失和、鲁迅南下之前。

钱玄同也是包办婚姻，夫妻关系不好，但钱玄同说："我们以后绝对不得再把这三条麻绳（指'三纲'）缠在孩子们的头上！可是我们自己头上的麻绳不要解下来，至少'新文化'运动者不要解下来，再至少我自己就永远不要解下来。为什么呢？我若解了下来，反对'新文化'维持'旧礼教'的人，就要说我们之所以大呼解放，为的是自私自利，如果藉着提倡'新文化'来自私自利，'新文化'还有什么信用？还有什么效力？还有什么价值？所以我自己拼着牺牲，只救青年，只救孩子！"（黎锦熙：《钱玄同先生传》）这与周作人的立场一致。

还有刘半农。一九二七年十月,他跟周作人都上了张作霖的通缉名单,到一个朋友家里躲避了一个星期。据周作人回忆,"有一天半农夫人来访,其时适值余妻亦在,因避居右室,及临去乃见其潜至门后,亲吻而别,此盖是在法国学得的礼节,维持至今者也。此事适为余妻窥见,相与叹息刘博士之盛德,不敢笑也。"(《知堂回想录·三沈二马下》)其实刘半农与妻子原本也是家庭做主的旧式婚姻。

鲁迅和周作人之间以笔墨相讥,实际始于鲁迅与许广平同居之后。一九三〇年,周作人在《中年》一文中说"一个社会栋梁高谈女权或社会改革,却照例纳妾";鲁迅的《两地书》出版后,周作人在同一家出版社出版了《周作人书信》,"序信"中说,"这原不是情书,不会有什么好看的",都被认为是针对鲁迅的。

一九二五年起,周建人离家,与王蕴如在上海同居,周作人对此同样持反对意见。他后来去信:"王女士在你看得甚高,但别人自只能作妾看,你所说的自由恋爱只能应用于女子能独立生活之社会里,在中国倒还是上海男女工人辫姘头勉强可以拉来相比,若在女子靠男人畜养的社会则仍是蓄妾,无论有什么理论作根据。"(一九三七年二月九日）他把女子独立，尤其是经济上的独立看作是自由恋爱的必要条件，因此始终站在朱安和羽太芳子一边。

问：周作人对母亲到底怎样，他为什么总称母亲为"鲁迅的母亲"或"鲁迅的老太太"？

答：周作人首次提到"鲁氏老太太"，是在一九四八年南京监狱中写的《〈呐喊〉索隐》一文，该文化名"王寿遐"，送到外面发表，文中有意隐晦作者身份："我的亲戚里边有一位方女士，她是鲁氏老太太的一个内侄女，又是义女，常在老太太那里居住，她知书识字，和老太太很谈得来，所以知道的事情很不少。"他在一九四九年以后写的关于鲁迅早年生活的文章，同样回避或尽量弱化作者自己的真实身份，所谓"鲁迅的母亲"就是这么出来的。至于周作人自己对母亲的感情，可以从一九四三年鲁瑞去世之后他所写的《先母行述》中体会出来："作人不能为文，猝遭大故，心绪纷乱，但就记忆所及，略记数行。凡为人子者，皆欲不死其亲。作人之力何能及此，但得当世仁人，读其文而哀其心，则作人之愿不虚矣。"

周作人在《知堂回想录·先母事略》中还写道："先母

又尝对她的媳妇们说：'你们每逢生气的时候，便不吃饭了，这怎么行呢？这时候正需要多吃饭才好呢，我从前和你们爷爷吵架，便要多吃两碗，这样才有气力说话呀。'这虽然一半是戏言，却也可以看出她强健性格的一斑。"我心里一直有个疑问，母亲鲁瑞在周家拥有很大的权威（这从包办鲁迅与朱安的婚姻可以看出），她与两个儿子合住，却对兄弟失和之事无所干预，若据此推测这肯定不是她所能干预的事，譬如经济纠纷之类，大概是不会错的罢。

问：在您眼里，周作人是一个怎样的人？

答：从气象上，我觉得他比较接近孔子。他是一个人道主义者，一个个人主义者，一个自由主义者，一个文化批判者。

问：今天反观周作人的某些思想，会生出些许不满足——如果他再追问下去、思考再进一层，也许就不会那么"苦"了；反观他的作品，跟《战争与和平》，跟《日瓦戈医生》相比（不论文体），也总觉得缺点"感动"——这缺憾恐怕也是由思想而来的吧？

答：周作人在《我的杂学》里基本上勾勒了自己的形象：爱智者，拥有各种学问、知识，对中国文化有深厚修养和独特认识，对古希腊和日本文化有浓厚兴趣和较深了解。苏雪林第一个称他为思想家，我觉得在中国思想界的语境下这是成立的。从根本上说鲁迅是诗人，周作人是哲人，但也可以说他们都是有思想的文人，不过倾向稍有差异罢了。但是如果与许多西方哲学家相比，必须承认他们对形而上的东西没有兴趣，更关注的是历史、现实、社会、人的生存，——这倒是与中国传统比较一致，先秦思想讲的都是生存哲学或智慧，没有一家想过本体论/存在论的问题。但也正因为如此，周氏兄弟以及胡适等人才会产生如此巨大的影响，如果他们是真正的哲学家，恐怕就没有多少人那么关注他们了——可能在中国的任何一个时代都是这样。

问：周作人的思想照进今天的现实，有什么意义？

答：在我看来，周作人主要是一位思想者、著作者，作为行动者的他是失败的。他的思想中仍有很多极具价值、今天依然没有过时的东西，这里姑且举出几点。第一，他的人道主义思想。这是从他在南京水师学堂就确立下来的。他早年追随鲁迅，可以说两个人吸收的营养差不多，但对严复的《天演论》，他与鲁迅的看法就很不一样，也许这是他们分歧的起始之点——鲁迅一八九八年读到"物竞天择、适者生存"时非常激动，这部只译了上半部的《进化论与伦理学》、掺杂了斯宾塞社会达尔文主义思想的著作，因为可以立即拿来解释当时的现实，深深影响了晚清以来的好几代人。但周作人则不同，一九〇五到一九〇六年，他读佛经，也读了不少雨果作品，还参照《穷汉克洛德》写了小说《孤儿记》，他站在雨果的人道主义立场质疑社会达尔文主义指向的那个结果，提出要特别关注竞争中弱势的一方，对他们的命运深表同情。他后来对女性和儿童问题的关注，也都是从这里来的。"物竞天择，优胜劣汰"今天仍为大家所信奉，但是如果一个社会不加任何节制地过于倾向强势一方，恐怕不会是什么好事。相比之下，西方比较成熟的资本主义国家还要兼顾社会的平衡。昨天和朋友聊天，说到瑞典的一个做法：一个高档社区有若干比例的房子是打折卖给艺术家、文学家的，就是要掺和一下，不能有那种清一色的"富人区"。

西方对富人的高税收政策，也是抑富济贫的意思。

　　第二，他对群众的怀疑。他所质疑的"群众"是什么人呢？"上自皇帝将军，下至学者流氓"，他不认为其间有什么区别。他说："中国本来没有一定的阶级，绅士与平民也只是一时的地位，不是永久的门第的区分，但在地位不同的时候却的确是两个阶级，有两个人生观，虽然随时可以转换。"（《让我吃主义》）又说这两个阶级"只是经济状况之不同，其思想却是统一的，即都是怀抱着同一的资产阶级思想。……贫贱者的理想便是富贵，他的人生观与土豪劣绅是一致的"（《文学谈》）。他对打着群众旗号的一切主义和运动都持怀疑态度："群众还是现在最时新的偶像，什么自己所要做的事都是应民众之要求，等于古时之奉天承运，就是真心做社会改造的人也无不有一种单纯的对于群众的信仰，仿佛以民众为理性与正义的权化，而所做的事业也就是必得神佑的十字军。这是多么谬误呀！我是不相信群众的，群众就只是暴君与顺民的平均罢了。"（《北沟沿通信》）周作人提出："君师的统一思想，定于一尊，固然应该反对；民众的统一思想，定于一尊，也是应该反对的。"（《诗的效用》）

第三，关于宽容与自由。周作人主张要允许少数人说话，他说："文化与思想的统一，不但是不可能，也是不能堪的。"（《新村的理想与实际》）他一生都反对思想专制。一九二二年，他写过一篇很短的小说《统一局》，描写某地一切均须统一，有姓名统一局（人人没姓没名，只有编号）、行坐统一局、饮食统一局等等，各司其职。有一天饮食统一局颁布命令："目下收入充足，人民军等应该加餐"，"不得折减，违者依例治罪"。他的深意在于：人有可能被"善意地"纳入某一秩序从而丧失包括思想自由在内的所有自由。如果考虑到这篇小说居然写在"反乌托邦三部曲"之前（按，扎米亚京的《我们》虽然写于一九二〇至一九二一年间，却是一九二四年才面世的），那就更应当予以重视了。一九三七年春周作人写的两篇文章《赋得猫》和《谈文字狱》，分别谈论西方的巫术案和中国的文字狱，尤其反对"以思想杀人"。他晚年翻译的古希腊思想家、讽刺散文作家路吉阿诺斯的对话集，其宗旨是"非圣无法"，可以看作一部"知堂晚年定论"。

这些思想放到今天，我觉得还是颠扑不破的。但看起来，"教训"依然"无用"，而且随着时代的发展，又生出更大的荒谬和危险。我曾经遇到过一位小我十来岁的作家，他说，拆迁就该像现在这么办，没钱的人就该搬到城外去，——当时我很诧异，他这番话竟然讲得理直气壮。周作人在《中国的思想问题》一文中说："饮食以求个体之生存，男女以求种族之生存，这本是一切生物的本能，进化论者所谓求生意志，人也是生物，所以这本能自然也是有的。不过一般生物的求生是单纯的，只要能生存便不问手段，只要自己能生存，便不惜危害别个的生存，人则不然，他与生物同样的要求生存，但最初觉得单独不能达到目的，须与别个联络，互相扶助，才能好好的生存，随后又感到别人也与自己同样的有好恶，设法圆满的相处，前者是生存的方法，动物中也有能够做到的，后者乃是人所独有的生存道德，古人云人之所以异于禽兽者几希，盖即此也。"这是常识，但简单而又深刻，直至今日，很难说在中国实行了多少。周氏兄弟一生都是启蒙主义者，也吃了启蒙主义的亏。问题是，他们当年所讲的这些对于二十一世纪的中国仿佛还是新道理，这就令人悲哀了。

二〇一二年六月十三日

记新发现的周作人《希腊神话》译稿

前些时查"胡适档案资料库",在周作人项下看见"希腊神话(亚坡罗陀洛斯)",共三百七十页。待得到原文影印件,乃是周氏一九三七年所译《希腊神话》和一九三八年所作《希腊神话注释》(未完成)等手稿。这些稿子从未公表,一向以为已经遗失,没想到竟"出土"了。

第一份手稿是《希腊神话》。目录写在"煅药庐制"稿纸上,内容如下:

"希腊神话 古希腊亚玻罗陀洛斯著 周作人译

第一章 诸神世系 一至十一

第二章 斗加利恩一系 十二至二六

第三章　亚耳戈航海者　二七至三六

第四章　伊那科斯一系　三七至五一

第五章　赫拉克勒斯　五二至六七

第六章　赫拉克勒斯二　一至三七

第七章　亚该诺耳一系　三八至五一

第八章　亚该诺耳一系二　五二至九八

第九章　贝拉恩戈斯一系　九九至百八

第十章　亚忒拉斯一系　一〇九至一三八

第十一章　亚索坡斯一系　一三九至一五一

第十二章　雅典诸王　一五二至一七七

第十三章　德修斯　一七八至一九二

第十四章　贝罗普斯一系　一九三至二〇三

第十五章　诃美洛斯前　二〇四至二二六

第十六章　伊利恩故事　二二七至二三二

第十七章　诃美洛斯后　二三三至二四六

第十八章　诸将的归家　二四七至二六七

第十九章　阿狄修斯的浪游　二六八至二九〇

以上约计共九万八千字　廿六年十二月四日毕"

各章下所列数字为页数，检点正文，与此正相一致。

正文前一部分用"煅药庐制"稿纸，折页，每面十二行，每行二十四字，每个折页编一个页码，自"一"至"六十七"；后一部分用"丙种稿纸"，折页，每面十行，每行二十字，每个折页编两个页码，自"1"至"290"。

周作人一九三七年日记遗失，"廿六年十二月四日毕"一语，可补记载之缺失，俞平伯一九三七年十二月四日致周作人信云，"昨奉手示，敬悉译事已毕正文"，则也许完成还要早一日呢。《希腊神话》具体何时开始翻译，则不得而知。周氏《知堂回想录·北大的南迁》有云："学校搬走了，个人留了下来，第一须得找到一个立足之处，最初想到的即是译书。这个须得去找文化基金的编译委员会，是由胡适之所主持，我们以前也已找过它好几回了，《现代小说译丛》和《现代日本小说集》，都是卖给它的，稿费是一千字五元，在那时候是不算很低了。民国二十一年（一九三二）夏天我还和它有过一次交涉，将译成的《希腊拟曲》卖给它，其间因为梁实秋翻译莎士比亚，价值已经提高为千字十元，我也沾了便宜，那一本小册子便得了四百块钱。……因为这个因缘，我便去找编译委员会商量，其时胡适之当然已经不在北京了，会里的事由秘书关琪桐代理，关君原是北大出身，从前也有点认识，因此事情说妥了，每月交二万字，给费二百元，翻译的书由我自己酌量，我便决定了希腊人著的希腊神话。我老早就有译这书的意思，一九三四年曾经写过一篇，后来收在《夜读抄》里，便是介绍这阿波罗多洛斯所著的原名叫作'书库'的希腊神话；如今有机会来翻译它出来，这实在可以说塞翁失马的所得来的运气了。不记得从那年的几月里起头了，总之是已将原书本文译出，共有十万多字，在写注解以前又译了哈理孙女士的《希腊神话论》，和佛雷则的十五六篇研究，一共也有十万字左右，回过头来再写注解，才写到第二卷的起头，这工作又发生了停顿，因为编译委员会要搬到香港去了。我那些译稿因此想已连同搬去，它的行踪也就不可得而知了。"

这里末尾所说有点含糊，其实《希腊神话》译稿并未"连同搬去"，而是当时已经还给了译者，至于"行踪也就不可得而知"则是后来的事。周作人一九三八年二月九日日记有云："下午……关君来访，还旧译稿，备校阅并注释也。"他在一九四四年一月十五日所作《怠工之辩》

也说:"鄙人因为翻译亚坡罗陀洛斯的《希腊神话》,于民国二十七年春间曾将哈利孙女士的这《希腊神话论》译出,作为附录,交给当时由胡适之博士主管的编译委员会,后来听说这些稿件存在香港,恐怕现在已经不知下落了吧。本文的译本因为在做注释,还留存寒斋,可是《神话论》没法子去查询,也没有决心去重译,……"

《希腊神话》此稿与后来出版的周氏一九五〇至一九五一年重新翻译的译本分章有所不同,与后一译本所附华格纳耳作《纲要》的分章也不一样。《希腊神话》此稿第一章末有说明云:"案,以上系原书第一卷第一至第六章。"第二章云:"案,以上系原书第一卷第七章至第九章十五节。"第三章云:"案,以上系原书第一卷第九章十六节至二十八节。"第四章云:"案,以上系原书第二卷第一章至第四章七节。"第五章云:"案,以上系原书第二卷第四章八节至第五章。"第六章云:"案,以上系原书第二卷第六至八章。"第七章云:"案,以上系原书第三卷第一至三章。"第八章云:"案,以上系原书第三卷第四至七章。"第九章:"案,以上系原书第三卷第八至九章。"第十章:"以上系原书第三卷第十章至第十二章六节。"第十一章:"案,以上系原书第三卷第十二章六节至第十三章。"第十二章:"案,以上系原书第三卷第十四至十五章。"第十三章:"案,以上系原书第三卷第十六章,又节要第一卷。"第十四章:"以上系节要第二卷。"第十五章:"案,以上系节要第三卷。"第十六章:"案,以上系节要第四卷。"第十七章:"案,以上系节要第五卷。"第十八章:"案,以上系节要第六卷。"第十九章:"案,以上系节要第七卷。"

第二份手稿是《希腊神话注释》。目录写在"煅药庐制"稿纸上,前标"希腊神话注释 附录一",所列亦十九章,与《希腊神话》同。"第一章 诸神世系","注目次"为"一至七五","页数"为"一至一二六";"第二章 斗加利恩一系","注目次"为"七六至一三一","页数"为"一二七至一六八";"第三章 亚耳戈航海者","注目次"为"一二二至","页数"为"一六九至"。正文用"丙种稿纸",折页,每面十行,每行二十字,每个折页编两个页码,自"1"至"179",第三章注一三三已写完,以下仅有"一三四"一个题目。

此稿正文之前,有译者所撰《译文例言》一篇:

"例言一　此注释悉依孚莱寿原本,但有简单的指示参照某书,别无说明者,间亦略去。如或觉得必要则仍留存,或引书为补足之。

例言二　有原本所无而须加注解者,由译者引书另注,与上项补足之文相同,均于上边加一案字以别之。

例言三　原本为批评的注释,自成为一体系,译者补注与之并列,大有续貂之嫌,唯其性质本不相同,补注只是说明的常识的,供初学之参考而已,本可别出为一卷,第为便利计依原文次序列入,阅者请分别观之。补注根据不出各家神话学及古典事汇,而以洛斯的《希腊神话学要览》,哈耳威的《古典文学备览》为主,亦取其轻新简要耳。"

周作人一九三八年三月十八日日记云:"上午起手做神话注释。"四月二日云:"上午……译书成第一章,共二万五千字,即送去。"此即现存译稿第一至一二六页,字数相符。参看《译文例言》,当知注释或曰"做",或曰"译",实为一事。不过该章注释既已送交编译委员会,为何现在却在这批手稿之中呢,姑存疑。这以后改译哈利孙女士（Jane Harrison，又译哈理孙，通译哈里森）著《希腊神话论》。待译毕，编译委员会撤离北平、迁往香港成为事实，原订协议不再履行，周作人译注《希腊神话》之事就此中止。直到十二月二十六日，周氏日记云："上午再开始作神话注释，已有半年搁置矣，本拟于年内了之，今于年内动手续作，希望能于明年春末完成，亦了却多年心愿也。"十二月二十八日云："作第二章注释了，共八千字。"此即译稿第一二七至一六八页，字数相符。十二月三十一日云："上午百无聊赖，不作一事，神话注释虽须赶作，亦未能着笔也。……今日午后勉强写二千字，共计本月末成一万字。"此即译稿第一六九至一七九页，字数亦相符。次日即一九三九年元旦发生了刺客袭击事件，《希腊神话注释》也就停笔了。

手稿中还有两份目录，均写在"煅药庐制"稿纸上。其一为：

"希腊神话考证　英国孚莱寿著　附录二

一　放小孩在火上　一至二〇

二　地和天打仗　二一至四八

三　火的起源之神话　四九至一一八

四　默阑浦斯与菲拉科斯的牛　一一九至一三五

五　撞岩　一三六至一四五

六　返老还童　一四六至一五八

七　格劳科斯的复活　一五九至一八一

八　阿伊狄坡斯的传说　一八二至二〇四

九　亚坡隆与亚特美多斯的牛　二〇五至二二六

十　沛娄斯和德帖斯之结婚　二二七至二四一

十一　法厄通与太阳的车　二四二至二六三

十二　伊陀默纽斯的许愿　二六四至二九八

十三　阿狄修斯与坡吕菲摩斯　二九九至四八五

以上约共九万七千字　廿七年二月十日毕"

其一为：

"希腊神话论　英国哈利孙女士著　附录三

导言　一至七

一　赫耳美斯　八至十五

二　坡绥同　十六至四九

三　山母　五十至六三

　　一、戈耳共

　　二、厄利女斯

四　代美德耳与科来：地母与地女　六四至七三

五　处女神之为赐福者　七四至九一

　　一、赫拉

　　二、雅典娜

　　三、亚孚洛狄德与蔼洛斯

六　亚耳德米斯　九二至一〇六

七　亚坡隆　一〇七至一一二

八　狄阿女索斯　一一三至一一七

九　宙斯　一一八至一一九

结论　一二〇至一二三

以上约计共七万字　廿七年六月六日毕"

然而此次发现的手稿中，并无这两部分内容。周氏起手翻译孚莱寿（James George Frazer，又译茀来若、佛雷则，通译弗雷泽）著《希腊神话考证》是在一九三七年，一九三八年一月九日日记云："上午译《神话考证》八了，共得四万字。"一月十日云："上午遣茂林送去译稿一八一页。"对照目录，送去的是《希腊神话考证》第一到七章，正好一百八十一页。二月十日云："晚译书至十一时，《考证》全毕，共四八五页，约九万六七千字也。"亦与目录所标页码、字数和日期相合。二月十一日云："下午遣人送译稿至编译会。"

周氏曾说，《希腊神话论》"虽只是一册百五十页的小书，却说的很得要领，因为他不讲故事，只解说诸神的起源及其变迁，是神话学而非神话集的性质，于了解神话上极有用处"，"这是我的爱读书之一"（《论山母》）。一九三八年五月二日日记云："上午译书。"大概就是翻译此书的起头。五月十五日："译《神话论》第二章了，今日写三千余字。"五月十七日："上午抄译文第三章了。"周作人此前曾翻译过哈利孙女士此书的导言（题"希腊神话引言"，收《谈龙集》）和第三章（题"论山母"，收《永日集》）。五月十九日："上午译书第四章了。"五月二十日："上午遣人送译稿至编译会，共约四万一千，可补近两月份字数也。"对照目录，送去的当是导言和前四章。五月二十七日："上午译书，共约三千字，第五章了。"六月一日："今日译书，第六章已了，昨今均各写三千字也。"六月二日："下午译书，第七章了。"六月四日："上午译书，第八章了，共约二千余言。"六月六日："上午译《神话论》全了，正计时一个月也。"亦与目录所标日期相合。六月七日云："送稿至编译会。"周氏说，"后来听说这些稿件存在香港，恐怕现在已经不知下落了吧"，所送稿件除了《希腊神话论》，还有《希腊神话考证》。日本外务省特殊财产局一九四六年编《掠夺自中华民国的文物总目录》（『中華民國よりの掠奪文化財総目録』），据看过的人介绍，所列"公"之损失，包括日军一九四三年二月从香港般若道香港大学冯平山图书馆楼下书库抄去的中华教育文化基金董事会编译委员会等单位所存放的大量图书文物。或许周氏这两部译稿亦在其中。在保存下来的周作人《圆目巨人》译稿中，有一篇列为附录的佛雷仄作《俄底修斯与波吕菲摩斯》，计三万余言，即为《希腊神话考证》第十三章，但却是后来重译的。

另外还有两份手稿。一份题"希腊神话　古希腊亚玻罗陀洛斯著　周作人译"，只有"第一章　诸神世系"，用"煅药庐制"稿纸，折页，每页十二行，每行二十四字，每个折页编一个页码，自"一"至"十一"。与《希腊神话》手稿中的第一章相比，字句有个别出入，但涂改较多，估计是这一章的原稿。周作人一九三八年四月十一日云："下午重抄译稿第一章未了。"四月十五日云："下午重抄神话第一章稿,至今日了。"现在《希腊神话》手稿中的即重抄者也。

另一份又包括两部分,均用"知堂自用"稿纸,折页,每页十二行,每行二十五字,每个折页编一个页码。其一页码自"四"至"十",缺第一至三页,第四页前部被裁去五行,从"第一章　诸神世系"起;其二页码自"一"至"十二",前有标题:"希腊神话　周作人译　第一章　诸神世系",第一页右上角盖有"保留原稿　用后寄还"戳。周氏一九四四年八月二十日作《〈希腊神话〉引言》说:"我以前所写的许多东西向来都无一点珍惜之意,但是假如要我自己指出一件物事来,觉得这还值得做,可以充作自己的胜业的,那么我只能说就是这神话翻译注释的工作。本文算是译成了,还有余剩的十七章的注释非做不可,虽然中断了有五年半,却是时常想到,今年炎夏拿出关于古希腊的书本来消遣,更是深切的感觉责任所在,想来设法做完这件工事。现在先将原文第一章分段抄出,各附注释,发表一下,一面抄录过后,注释有无及其前后均已温习清楚,就可继续做下去,此原是一举两得，但是我的主要目的还在于后者，前者不过是手段而已。"这个将《希腊神话》与《希腊神话注释》合而为一的文本连载于一九四四年十月至十二月《艺文杂志》第二卷第十至十二期，就此终止。作者一九四四年十一月二十日所作附记云："本译文发表到第二次，杂志的第二卷也已结束了，原文第一章却只抄了一半，假如照预定计画做去，登完一二两章，恐怕还要半年的光阴吧，我想或者这样也已够了，找得着适宜的材料，且来改译点别的东西也好。"一九四四年所写即系此份手稿，前一部分是该杂志第二卷第十期所发表者，前面失去的三页多当为同时发表的《〈希腊神话〉引言》；后一部分是第十一期所发表者。

一九四八年十二月十五日胡适离开北平时，留下大量藏书和手稿、书信、日记、照片等个人资料，"胡适档案资料库"中的一部分即由此而来。如上所述，周作人这批手稿当初或由编译委员会退回，或系后写，而交到该委员会的《希腊神话考证》、《希腊神话论》均已不见，那么这批手稿怎么会保存在"胡适档案资料库"中呢，虽然胡适曾经做过编译委员会主任委员。周作人一九五〇年七月开始重新翻译《希腊神话》，次年六月完成。《知堂回想录·我的工作三》云："我译了《伊索寓言》之后，再开始来重译《希腊神话》。那即是我在一九三七年的时候为文化基金编译委员会所译的，本文四卷已经译出，后来该会迁至香港，注释尚未译全，原稿也就不见了。这回所以又是从头译起，计以一年的工夫做成，本文同注各占十万字以上。"此时这些译稿已经不在他那里了。它们在此期间的际遇尚不得而知。盖周氏失之，或在一九四五年十二月六日他被捕之后；胡氏得之，则在其离开北平之前。

比较周作人一九三七年和一九五〇至一九五一年的译本，除人名、地名译法常有差异外——关于后一译本周氏曾说："译音一律改从希腊悲剧集，虽不甚准确，以归一规。"——译文风格亦略有不同。举个例子，全书开头两节，前者作：

"乌拉诺斯（此言天）是最先统治这全宇宙的人。他娶了该亚（此言地，亦省作该），先生了那些叫作百手的，勃利亚勒斯，瞿厄斯，科多斯，身大无比，力大无敌，各有一百只手和五十个头。此后该亚又给乌拉诺斯生产那些圆眼的，亚耳格斯，思德洛贝斯，勃朗德斯，他们各有一只眼睛在额上。但是乌拉诺斯把他们都捆缚了，抛在鞑靼洛斯里，这是幽冥中极暗黑的地方，它与地相去的远近正和地与天相去一样。"

后者作：

"一　乌拉诺斯是第一个管领全宇宙的人。他与伽亚结了婚，最初生了那些被称为百只手的，即是布里阿瑞俄斯，古厄斯，科托斯，他们在身材和力量上面没有人能相比得过，各有一百只手和五十个头。

二　在这之后，伽亚给他生了那些库克罗普斯，即是阿耳革斯，斯特洛珀斯，布戎忒斯，他们各有一只眼睛在他们的前额上。但是乌拉诺斯把他们都捆缚了，扔到塔耳塔洛斯里去，那是在冥土的一个幽暗的地方，其与地面相去的距离正与地面之与天上相去一样。"

更大的区别是在注释上。一九三八年所作《希腊神话注释》包含三种成分："此注释依照莆来若氏原本，间或引书加以补足，亦有原来所无而须加解说者，由译者另行注释，均于上边加一案字以别之。"（一九四四年作《注释例言》）已写出的两章多约三万五千八百字；一九五一年则只是译者自己写的注释，相应部分为一万九千三百字。也举一个例子，关于前引全书开头两节的注释，前者作：

"一　据赫西阿陀斯在所著《诸神世系》诗中所说，天（乌拉诺斯）乃是地（伽亚）之子，但以后与他自己的母同睡，和她生了克洛诺斯，那些巨人们，圆眼者们等等。关于天与地的合婚，可看欧利比台斯的断片《克吕西坡斯》，罗马诗人路克勒丢斯，威耳吉留斯。这一种合婚的神话在低级民族中流传甚广，可看泰勒著《原始文明》第一二卷。如西非洲多戈地方的厄威族以为地是天的妻子，他们的结婚在雨季中举行，其时雨便使各种子出芽以至结实。这些果子他们看作地母的孩子，她在他们看来也即是人与神的母亲。见德国斯披忒著《厄威种族》。在色纳伽耳与尼该耳诸地域，人们相信天神与地神是那些支配人间生死祸福的主要神灵的父母。见法国特拉福斯著《上色纳伽耳尼该耳》卷三。在印度群岛中西孚罗勒斯的曼该来民族中间，天与地被当作夫妇，他们的合婚即表现为雨，此使地母受胎，于是她乃产生她的孩子，即是田地的收成与树木的果实。天称为郎吉忒，是男性，地称为亚郎，是女性也，二者合成为神圣的一对，称为谟利克棱。

见荷阑斯塔贝耳著《曼该来人》一文，在印度言语地理民俗学报中。

二　案，赫西阿陀斯在《诸神世系》（*Theogonia*）诗中说'圆眼的'（Kuklops）产生在'百手的'（Hekatonkheiros）之先，其关于圆眼人的叙述云：

'她于是生了那些圆眼的，都有傲慢的心，勃朗德斯，恩德洛贝斯，以及刚愎的亚耳格斯，他们给宙斯雷火和那霹雳棒。他们别的都像众神一样，却只有一只眼睛装在前额的中间。他们被称为圆眼的，因为一只圆的眼睛装在他们的额上。强，暴，狡狯，都是在他们的行事里。'勃朗德斯原意曰雷火，恩德洛贝斯曰电光，亚耳该斯云闪烁也。此盖是雷电之人格化，与史诗《阿狄绥亚》（*Odusseia*，意云阿狄修斯的故事，）中所说圆眼人不同，那一种乃是怪物蛮人，唯独眼相同耳。见下文第十九章本文及注释。

三　案，鞑靼洛斯（Tartaros）系希腊的地狱，据赫西阿陀斯诗中云：

'一个青铜砧从天上落下，经过九日九夜，在第十天里落到地上，同样的，一个青铜砧从地上落下，经过九日九夜，在第十天里落到鞑靼洛斯。青铜的墙四面围着，夜像项圈似的绕着它三匝，在这上面生长着大地的和那不毛的海的根。'凡对于天神犯逆的人在此受苦，此外别有冥土，曰哈台斯，意云不见，为鬼魂所居，别见时另有注释。"

后者作：

"一 一节，乌拉诺斯（Ouranos）即是天，伽亚（Gaia）即是地，天地结婚的传说各民族多有之，此处乌拉诺斯与伽亚虽是专名，但与天地的公名相同，盖只是天地的人格化，关于他们也没有什么特殊的故事。

二 '百只手'原名赫卡同刻瑞斯，据后人推想，此种怪物的形相相当是本于章鱼，俗称八脚鱼，海中有极大的，在克莱德岛古艺术品上常有表现，又戈耳戈的头，其发皆是活蛇蟠绕，瞪目直视，亦或与章鱼有关云。

三 二节，库克罗普斯（Kyklopes）原意云圆眼睛，因为他们只有一只大眼睛长在额上。他们是神们的铁匠，给宙斯造霹雳棒，但据荷马说来，乃是一种神蛮的巨人，住在岛上，后来指定说是在现在的昔昔利，过着低级的游牧生活。在史诗《奥德赛》（*Odusseia*）上，一个库克罗普斯遇着俄底修斯，被他所制服，欧里庇得斯有一篇戏剧，以此事为题材，即名为'库克罗普斯'。

四　塔耳塔洛斯可能称作'地狱'，据赫西俄多斯在《诸神世系》中说，一个黄铜的砧从天上落下，经过九日九夜，在第十天落到地上面，这再从地上落下，也要经过九日九夜，在第十天才落到塔耳塔洛斯。赫西俄多斯说乌拉诺斯把百只手关到塔耳塔洛斯里去，乃是因为妒忌他们的勇敢，英俊和魁伟，却没有把圆眼睛算在里边。"

由此可知，周作人前一次所译注的《希腊神话》规模要大得多，不仅采取弗雷泽著《希腊神话考证》，还引用别种材料，更将哈里森著《希腊神话论》列为附录，而据周氏一九三八年一月三十日日记："阅论童话诸书，其中《小说之童年》一书最佳，Rose在《希腊之原始文化》中亦称之，将来拟译出，与《希腊神话考证》可互相参考也。"显然他有意将《希腊神话》做成一部"毕生巨著"。可惜所译《希腊神话考证》、《希腊神话论》仍下落不明，而《希腊神话注释》也没有完成。不过尽管如此，仍不能为后来"从头译起"的译本所完全包容或取代。

二〇一二年十月十日

谈编注之事

周作人与俞平伯的通信过去汇编成《周作人俞平伯往来书札影真》，现在又有了《周作人俞平伯往来通信集》。前者全部彩色影印；后者则为排版印刷，选配五十余幅彩色影印信笺用作插图。简单看来，两部书的区别似乎仅此而已；然而实际并非这么简单。

《通信集》在内容上对《书札影真》有所增补，此其一。《书札影真》中"周作人致俞平伯书札"全部影印自俞平伯一九二九年春至一九三二年春所装裱的三册《苦雨翁书札》，《通信集》在此之外又据《周作人书信》等出版物补充若干。《通信集》对《书札影真》中"俞平伯致周作人书札"的增补则系首次揭载。周丰一、俞润民在《〈周作人俞平伯往来书札影真〉序》中写道，保存下来的俞平伯致周作人的书信，"以一九三七年以前的信为最多。"这回《通信集》所添加的，恰恰以一九三八年以后的居多：

	《周作人俞平伯往来书札影真》	《周作人俞平伯往来通信集》
一九三八年	六封	九封
一九三九年	二封	二封
一九四〇年	二封（其中一封系一九四三年所写）	四封
一九四一年	二封（其中一封只有附件，无正文）	五封
一九四二年	〇封	三封
一九四三年	三封（其中一封系一九六三年所写）	十封
一九四四年	〇封	一封
一九五一年	一封（系一九五四年所写）	〇封
一九五四年	〇封	二封
一九六〇年	一封	一封

一九六一年　一封　　　　　　　一封
一九六三年　〇封　　　　　　　二封
一九六四年　二封　　　　　　　二封

这些新增加的信件涉及不少俞、周二人当时的行事和想法，为我们素所不知。《通信集》编者就据此考证出俞平伯曾于一九四四至一九四五年间先后在周作人担任社长的艺文社和艺文杂志社当过干事，为《艺文杂志》编审稿件（见《俞平伯轶事考订二题》，载《新文学史料》二〇〇五年第一期）。我也来举一例。周作人一九二七年十二月十五日致俞平伯："昨买《绝俗楼我辈语》读之，殊不佳。"俞的复信已佚，不知当下如何说法。一九三二年十一月二十五日周氏为俞著《杂拌儿之二》作序，复云："看《绝俗楼我辈语》，《燕子龛随笔》，看《浮生六记》，《西青散记》，看《休庵影语》，觉得都不见佳。"时隔许久，俞平伯一九三八年九月二十七日致周作人信中重又提及白采所著此书："《绝俗楼我辈语》殊不见佳，不能为亡友讳矣，强半字簏中物，弃而复取甚无谓也。亦未必不自知，殆缘于少日悲喜之怀，不无自怜意，遂难割爱耳。正是人情却贻尘累，可太息也。尊评诗词向多宽假，且不轻下评语，而今帧首数行重为之怅怅，至非得已耳。其绝俗楼诗（词亦未工）则较好，然尚可去其太半，惟其人已远，'谁定吾文'遗迹犹存，徒增悲咤而已。拉杂言之，不觉其诪谀矣。"对比俞平伯早年写的《与白采书》、《眠月——呈未曾一面的亡友白采君》，此番所言更其深切。而据此可知，周氏还为《绝俗楼我辈语》写过题记，即俞平伯所云"帧首数行"者，惜已亡佚，不知其详。

　　《通信集》在编排上对《书札影真》多予订正，此其二。《通信集》编后记写道："周作人、俞平伯往来通信的绝大部分信末未署写作年份，也有年、月或年、月、日全无的信件，这给全书的编排带来了比较大的麻烦。因为俞平伯收藏的三卷册《苦雨翁书札》都标明了写作的时间范围，所以，不会出现太大的误差。而俞平伯的书信都是散篇。在没有信封的情况下，判断写作年份的任务就尤其艰巨，出错的可能性也比较大。"编者为此所下种种功夫最为令人佩服。《通信集》主要订正的是俞平伯致周作人书札部分。其实《苦雨翁书札》排列也有错，譬如其中两封曾收入《周作人书信》，分列"与俞平伯君书三十五通"之一和二，前一封末署"五月五日上午"，后一封末署"八月廿二日"，周作人大概就是按照《苦雨翁书札》的次序，系为"（民国）十五年"，《通信集》编者则据俞氏来信内容等线索判断出二信实为前一年即一九二五年所写。

《通信集》与《书札影真》有排印影印之别——本文开头已经提到，此其三。影印手札之类，至完成排序，编者工作已告结束，剩下的就是装帧与印刷了。排印则尚需一一辨认字迹。这项工作殊非易事，而且认对了不算功劳，认错了便是谬误。一字之差，意义可能相去甚远。且另举一个例子。张菊香、张铁荣编《周作人年谱》，一九三九年一月十二日项下有云："收伪北京大学聘为北京大学图书馆的聘书，即复函接受这一聘任，并在当日日记中记：'下午收北大聘书，仍是关于图书馆事，而事实上不能不当。'"钱理群著《周作人传》则云："……当天的日记中却是这样写的：'下午收北大聘书，仍是关于图书馆事，而事实上不能不当'。寥寥七个字，就将关系民族大义，也关系个人命运的决定性的一步，交代过去了。"二书作者应当是看过现存全部周作人日记的；因为正式印行的周氏日记只到一九三四年为止，以后他人著文涉及此事，均从前述年谱、传记，我写《周作人传》时也不例外。我的书出版后，承周氏后人告知，那段日记引用有误。待看到日记原件，该日的内容是这样的（原文无标点）：

"上午写发各处覆信

"下午收北大聘书仍是关于图书馆事而事实上不能去当函覆之晚又代和森收委令一件"

日记"发信"栏所列为"耀辰　玄同　孟华　重久　松雄　村上　芸子"，又于"受信"栏"一渠快信"下注"复"。

据此，周氏日记有关内容似应断为"而事实上不能去，当函覆之"。这段话被认成或改成了"而事实上不能不当"，意思就有些差别。周作人在《文人督办到反动老作家》（载二〇〇七年《文史资料》总第一五一辑）中所说，正与"事实上不能去"相合："这时华北临时政府的教育部长是汤尔和，是向来认识的，他便送来一个北京大学图书馆长的聘书，本来是由他兼着的，就让出来给我。

我对他说，我自己知道不能办事，所以从来没有做过教书以外的事情，就是学校里负点责任的系主任都没有干过，况且近来又出入不自由，不能每天到班，实在无法担任。他说，这些都没有关系，你不能到班就不到，图书馆的事可以叫秘书长给你代理。今年要恢复文学院，将来就请你管文学院的事情。我说，文学院一个学校的事，我更没法子弄了。他说，这你也可不到，只要找一个可靠的秘书代办好了。于是我只好答应了下来，后来谈到办学校的方针，我主张对外主应付，对内主维持，日程时间都该照旧，旧教员愿来者悉与收罗，旧职员亦与安插，种种近似敷衍的方法也悉被采纳。当时理学院复开，对于'老北大'的职员多很嫌忌，但是我却主张收容，凡是北大旧人不论是哪一院的悉行录用。后来恢复文史研究所又收罗许多人做研究员，实在却没有工作，秘书长曾以为言，我说，譬如院子里可以容得下些车马，便让它安放着，本来没有这些东西要运输。所以我的办文学院，是很浪费的，然而也是得了汤校长（那时他兼领着北大校长）的允许。"按所云北京大学秘书长是钱稻孙，文学院秘书是尤炳圻。周作人日记迄未完整面世，据我所知，原因之一是遗属希望先全部影印出版，但日记分量太多，一时难有出版社承接此事。从上面一例来看，我倒是倾向于影印了。

回到《周作人俞平伯往来通信集》，在这方面堪称认真，但也不无错谬。如一九三〇年十二月二十八日周作人致俞平伯："煆药庐额愿仍用尊处旧纸，略迟不妨，敝纸也就恕不寄了。"署名"煆"。一九三一年九月十五日周作人致俞平伯："礼拜一午红楼之约竟不能赴，因开会了时已十二点过，而煆药庐中又有人相候，所以仍回西直门内来了。"一九三七年九月二日俞平伯致周作人："重至鱼鳞瀑诗中颇有重字，煆药庐中人谅不以为非也。"对照《周作人俞平伯往来书札影真》，这里所有"煆"字，原来写的都是"煅"字。查《辞海》，煆（xiā 虾，又读xià下），火气猛。见《广韵·九麻》。《方言》第七："煦煆，热也，于也。吴越曰煦煆。"煅，同锻。锻（duàn），一，打铁；二，锤击；三，锻炼用的砧石；四，通"腶"，干肉。周作人这个"室名"，是"煅药庐"，不是"煆药庐"。

《书札影真》注释颇为草草，《通信集》注释条目多出数倍，且较为详细，此其四。谷林当年批评《书札影真》："附注共计六页，对此书的读者来说，泰半浪费。例如废名、佩弦、启无、伏园、公超、兼士、建功、孟真、西谛、衣萍、疑古、尹默、曲园先生等人名，黄蔷薇、骆驼草、西还、燕知草、忆、杂拌儿、语丝、新潮等书刊名，八道湾、苦雨斋、古槐书屋以及屠苏等事物名，如果对这些都还面生不熟，怎能对这部书札产生兴趣呢？"（《"茑与女萝"》）现在《通信集》编后记则说："对于全书的注释，我们主要侧重于人物和作品。因为书信中涉及到的同时代文化名人比较多，这些前辈距离我们已经比较遥远，如果不是学习中国现、当代文学专业的人，阅读起来可能会比较陌生。所以，书中对于人物和作品的介绍就占了比较多的篇幅。"仍是谷林所不大认同的路数。其实各有各的道理，挪用周作人自己的意思就是："可以任读者自由取舍。"

不过今人阅读诸如周俞通信这类文字，"比较陌生"的或许更多还在"人物和作品"之外。如一九四三年二月四日俞平伯致周作人："闻太师母违和，未识医药调治见痊愈否，敬以为念。"编者于"太师母"下注云："即周作人的母亲鲁瑞（1858—1943），1880年与周伯宜成婚，育有周树人（鲁迅）、周作人、周建人三子。1896年周伯宜病逝后，独自持家，把儿子培育成材。后因长子、次子先后在北京供职，遂于1919年冬全家由浙江绍兴移居北京。暇时喜读报章及古今小说自遣。"似无助于读者了解信中所云鲁老太太"违和"情形如何。不如另引周作人《先母行述》的话："今年二月因肺炎转而为心脏衰弱，势甚危殆。以笹间医师之力，始转危为安。"

又如一九二八年十月一日周作人致俞平伯："说及佩弦，因想起一件事：前到西三条，家嫂属见佩弦时转告，便中到那边去坐坐，盖她亦颇想见本家的人也。我不常见到佩弦，请你去清华时代达一声为荷。"一九三一年六月四日周作人致俞平伯："见玄公时祈代达，家嫂请其入城时往西三条一谈，并云可铭已作古：不另笺矣。"编者于前一信"家嫂"下注云："西三条，即1923年8月鲁迅被迫迁出八道湾寓所后，在阜成门内西三条胡同买下的住房。家嫂，即指鲁迅依母命于1906年与之结婚的朱安（1978—1947）女士。"似无助于读者了解朱安何以一再要朱自清（佩弦、玄公）去看她。可以另引朱自清之弟朱国华《难以忘怀的往事》所说："我家原是绍兴人氏，母亲周姓，与鲁迅同族。周、朱两姓门户相当，常有联姻，均为当地大族，鲁迅的原配夫人朱安也是我家的远亲。"周作人这两封信是有关朱安难得的材料，从中可以体会她何其孤独寂寞，实在太可怜了。

我觉得《通信集》注释最有价值的，是"在本通信集中，伏园、万羽、孙公、伏公、伏老等称谓兼而用之"、"在本通信集中，绍原、原、江公、江次长、准礼部次长江、江二先生、江二公等称谓兼而用之"这类提示，以及书末附录的"人名索引"，因为的确对读者有所帮助。

说来一本书里的疑难问题，读者无妨自行在书外解决。看书时，另外翻翻辞典、百科全书，查查Google、百度，是很正常的事。我读《通信集》注释这类文字，所想知道的是自己不知道，一时又没处去查找的东西。正如友人谢其章所说，作注，不光释易，还得解难。如一九三四年三月十五日俞平伯致周作人："星期日殆可一晤于东兴之楼乎。"编者注云："1934年3月18日，星期日的中午，李健吾在东兴楼宴客，俞平伯等应邀出席。周作人因身体不适，未能赴宴。"当系根据周作人一九三四年三月十八日日记："午李健吾君招饮东兴楼，辞未赴。"但是关于"东兴楼"似乎也该解说一下,虽然这在网上还能查到。另有网上查不到的,如一九二六年六月八日俞平伯致周作人:"拟于明日(星期三)下午七时半后邀您在崇内大街德国饭店吃饭,顺便一谈。""德国饭店",邓云乡著《鲁迅与北京乡土》称之为"最高级的饭店",又说:"这家饭店,在崇文门里,房子仍在,还是老样子。"可惜语焉不详。我想了解它的历史,规模,菜肴特色,以及原址究竟何在。又如一九二八年一月二十日俞平伯致周作人:"今午在船板胡同福来午饭殊佳。于戊辰新年,拟邀您一往如何?"一九二八年一月二十二日周作人致俞平伯:"乘邀吃福来,寒假中随时可去,但恐旧新年要修炉灶,须停几天耳,请由兄酌定通知我可也。"这家叫"福来"的饭馆可是一点信息也找不着,就更希望能够知道。

以上可以说是作注的一重困难;另一重困难是:字数太多未免辞费,字数太少又易生歧义,或将本来尚不确定的事儿变成"言之凿凿"的了。如一九二一年三月一日俞平伯致周作人:"先生如病好了可以谈话,我想定一时间来八道湾。"编者于"八道湾"下注云:"即周作人居住的北京西城八道湾11号宅。此宅系1919年由鲁迅买下并修缮后,将原居住在浙江绍兴的周氏全家迁入。"就嫌说得不如许寿裳《亡友鲁迅印象记》清楚:"他原来在一九一九年把绍兴东昌坊口的老屋和同住的本家公同售去以后,就在北平购得公用库八道湾大宅一所,特地回南去迎接母太夫人及全眷来住入,这宅子不但房间多,而且空地极大。"至于出售绍兴祖屋不足之款项,也是当时周家的两位有收入者即鲁迅与周作人合力承担。上述注释,似应在"买下并修缮"之前添加"经手"二字。在北京购置房产,一应看房、交易、修缮事宜,确实主要是鲁迅负责。周作人讲到在东京时,"我始终同鲁迅在一处居住,有什么对外的需要,都由他去办了,简直用不着我来说话。"(《知堂回想录·学日本语续》)一九一七年周作人来北京后,大约也是这样。但是从一九一九年四月十九日鲁迅给在日本的周作人去信所说"家事殊无善法,房子亦未有,且俟汝到京再议"来看,周作人未必完全不参与意见。再来对照周氏兄弟下列日记:一九一九年九月三日鲁迅:"下午得三弟信并汇券千,上月廿九日发。"同日周作人:"由中行送来绍廿九函,汇银の收条一纸。"同年九月六日鲁迅:"午后二弟领得买屋冯单来。"同日周作人:"下午往西直门派出所取凭单。"十月十九日鲁迅:"上午同重君、二弟、二弟妇及丰、谧、蒙乘马车同游农事试验场,至下午归,并顺道视八道湾宅。"同日周作人:"上午同家人乘马车出西直门,游农事试验场,在豳风堂午饭。下午至八道湾新宅一看,五时返。"十一月十三日鲁迅:"上午托齐寿山假他人泉五百,息一分三厘,期三月。在八道弯宅置水道,付工值银八十元一角。水管经陈姓宅,被索去假道之费三十元,又居间者索去五元。下午在部会议。"同日周作人:"午出校,至八道湾看装水道,至开成买豆食,二时返。"十一月十四日鲁迅:"午后往八道湾宅,置水道已成。付木工泉五十。……收拾书籍入箱。"同日周作人:"下午收拾书籍。"十一月十五日鲁迅:"夜收拾什物及书籍。"同日周作人:"上午运书籍至新宅。……下午四时至八道湾一看,五时半返。"十一月十八日鲁迅:"午后往八道弯宅。"同日周作人:"三时半出校,至八道湾,五时返寓。"十一月二十一日鲁迅:"上午与二弟眷属俱移入八道弯宅。"同日周作人:"上午移居八道湾十一号。"可知有的时候兄弟俩一起忙乎,有的时候鲁迅另有他事,无法脱身,周作人就来顶替一下。

又如一九二八年九月五日俞平伯致周作人:"丰三君在孔德看见过一回,他和吾家润民在一组里。"编者注云:"丰三君,即周丰三,周作人之侄、周建人之子。儿时就读于孔德学校,与俞平伯之子俞润民同班。1939年7月升入辅仁大学附属高中。后因伯父周作人出任伪职而忧郁愁闷,于1941年3月24日以手枪自杀身亡,年仅20岁。"此说当出自文洁若《晚年的周作人》一文:"周鞠子(按系周丰三之姊)私下里对馥若(按系文洁若之姊)说,她弟弟的死是对伯父的一种抗议。"但这并非定论,关于周丰三之死尚有别种说法。上述注释若在"因"之前加上"可能"二字,或许更其稳妥。

二〇一三年一月二十七日

夏志清的未竟之功

我第一次知道夏志清,是读到钱锺书一九八〇年为《围城》所写"重印前记"里的一句话:"美国哥伦比亚大学夏志清教授的英文著作里对它作了过高的评价,导致了一些西方语言的译本。"我很喜欢《围城》,是以对此印象颇深。后来大陆翻印张爱玲的作品,我读了更中意,介绍又说张受重视亦得力于夏志清的举荐,于是这个人对我来说真的成了一件事了。这时我已打听到,"夏志清教授的英文著作"叫 *A History of Modern Chinese Fiction*,香港出了中译本,即《中国现代小说史》。接下来我想的就是无论如何赶紧设法买一部来读。

前不久找出母亲一九八六年去香港时写给我的几封

信。其中一封写道:"这里有《中国现代小说史》,是夏志清著,据店员说夏志清只著此书,是否?书价五十五元。"另一封则说:"我只买了一本夏志清著小说史(这书有点折角,只此一本了),是香港翻版的,我逐章逐句对过,也问过售货员,是完全一样的,就便宜多了,原版是五十五元五角,翻版是三十五元,打了折扣(正在春季大减价),为二十八元八角。"按照当时的黑市汇率,这已经花掉我整整半个月的工资了。母亲在同一封信中还问:"张爱玲的书要吗?"说实话除《秧歌》外,其他都是后来才买的——"伤哉贫也"。

这部《中国现代小说史》如今还在我的书柜里,版权页印着"一九七九年七月初版,一九八二年二月再版"。母亲信中所说的"翻版"又是什么意思呢。查此书封底贴有"友联出版社"的价签,可知并非盗印;但我见过不少港台书,再版、三版乃至N版,并非以保存下来的纸型付印,而是用先前的版本复印,版次越多,字迹就越模糊。此书亦不例外。当年没买几乎贵了一倍的初版本,诚为憾事。《中国现代小说史》二〇〇一年改由香港中文大学出版社出版,我又买了一部,发现除卷首添加的"出版人的话"、"《中国现代小说史》再版序言"和"重读夏志清教授《中国现代小说史》"不到三十页内容之外,其他部分还是用友联版复印的,而且比我的友联再版本字迹更模糊。

这些自然是后话。当年《中国现代小说史》到手,只顾一口气读完。借用前人的说法,正是"读了之后眼上的鳞片倏忽落下"。以后我对中国现代文学所发的一点议论,可以说都是受了这本书的启蒙。我始终对作者存着一份感激之心,可惜没有机会当面向他表达。

几年前我写文章说,长久寂寂无闻的张爱玲、钱锺书,曾经备受冷落的沈从文,经过《中国现代小说史》着力推举,早已人所共知,而且大受欢迎;与之相伴的是,作者的文学史观至少有一部分先为普通读者后为有关学者所承认。这是《中国现代小说史》最可重视之处,虽然作者的文学史观也体现在对其他作家的论述中。除了书里那些精辟论述外,我的兴趣还在于这本书被大家接受的过程。最重要的是,夏氏何以能够做到如此;而他人类似举动,如"排座次"、"写悼词"等,全都成了笑柄。大而言之,那些只是私见,不能成为公论;夏著首先是"公正的论",才成为"公众的论"。史实已然存在,有待真正的史家予以发现、揭示,其间并无可以造作的机会。具体说来,尚须两项支持:其一,前面已经提到,拥有属于自己的完整的文学史观;其二,具有艺术感受力,此为接受乃至评价一部作品所必需,无论对于文学史家还是普通读者来说,都是如此。二者分别关乎一部文学史的宏观与微观两个方面,彼此又互为因果;缺乏一项,文学史都不会成功。

现在夏志清已经去世,我回过头来重读自己这番话,觉得所说"作者的文学史观至少有一部分先为普通读者后为有关学者所承认"、"虽然作者的文学史观也体现在对其他作家的论述之中",还有一层意思有待发挥,如此或许才算周全。实际上,迄今为止《中国现代小说史》只在有限的程度上为中国读者所接受。这本书的贡献,不止是对张爱玲、钱锺书和沈从文的重新评价,书中谈到其他作家如茅盾、巴金、老舍等,作者所下功夫同样扎实,有关论断同样精当。如对茅盾,评价最高的是《霜叶红似二月花》、《春蚕》,而以《子夜》、《腐蚀》等为失败之作;对巴金,评价最高的是《寒夜》、《秋》,而以

《家》、《春》等为失败之作；对老舍，评价最高的是《骆驼祥子》、《离婚》，而以《四世同堂》等为失败之作。这对论家和读者似乎应该不无启发意义，然而实际上并未产生明显影响。

这里举个例子。夏志清去世之后，媒体报道中有"他贬低老舍《四世同堂》"的话。我们且来看看关于老舍创作《四世同堂》，《中国现代小说史》是怎么说的："他所要描写的，只不过是正义和投机取巧的对立，英勇和怯懦的冲突，以及大无畏精神和邪恶之间的斗争而已。在表现这些课题时，老舍是很传统的，因为他这种善恶二分法，是植根于中国通俗文学和戏剧的。不过在一本真正的小说内，任何道德上的真理，应当像初次遇见的问题那样来处理，让其在特定的环境中，依其逻辑发展。我们在读《惶惑》，《偷生》和《饥荒》时，愈来愈为书中惩罚罪恶原则的机械运用，为那些汉奸和坏蛋们所遭遇的天外横祸或者暴毙等等感到尴尬。这样一种幼稚的爱国心以及憎恨罪恶的表现，使小说读来毫无真实感。"这是相当深刻的分析，其意义已经超出对某一部具体作品的评价——从文学史的角度看，《四世同堂》的问题不仅仅是失败，更重要的在于倒退，甚至可以说，它一直退到了整个新文学之前。另外我要补充的是，老舍从未在日据北平生活过，《四世同堂》的故事和人物都是胡编乱造的。现实主义作家分为两类，其一可以借助想象，其一必须依靠观察。老舍属于后一类，如果非要去写自己没有亲身经历或只草草看了几眼的东西，不可能取得成功。不仅《四世同堂》如此，此前的《火葬》，此后的《无名高地有了名》，以及《春华秋实》、《青年突击队》、《红大院》等一干剧作，概莫能外。由此反观"贬低老舍《四世同堂》"，我深深感到，夏志清所面对的是一个惰性与盲目使然的世界，要想予以改变，他还是势薄力单。

除《中国现代小说史》之外，夏志清另有一部《中国古典小说》（*The Classic Chinese Novel: A Critical Introduction*），也是卓见叠出。他在《中国现代小说史》的"作者中译本序"中，曾预告计划要写"抗战期间的小说史"和"《红楼梦》之后和'文学革命'之前的中国长篇小说研究"，并说："假如这两部预告的书十年之内可以完成，至少可说我对中国长篇小说的研究（从罗贯中到姜贵）已告一段落。"遗憾的是，直到他去世，这两部著作均未完成。不过他说："我仍在继续研究中国古今小说,你若看了我的新著《夏志清论评中国文学》(*C. T. Hsia on Chinese Literature*,哥大出版社,二〇〇四年),就知道,我已写了不少篇明清小说的论文,不仅是《中国古典小说》里那六大名著。我评论《镜花缘》、《老残游记》、《玉梨魂》等近代小说的文章,皆见《夏志清论评中国文学》,早已有中译本,可惜一般访问者都没有看过。一有空,我即要写一篇评论《海上花》的文章。我的研究主题早已不是张爱玲、沈从文这些现代作家了。"(《夏志清:讲中国文学史,我是不跟人家走的》,载二〇〇八年七月三十日《南方都市报》)。也许对夏志清的最好纪念,就是尽快把《夏志清论评中国文学》一书完整地译为中文出版。

二〇一四年一月三日

"时代错迕则事必伪"

几年前我写过一篇小文《关于"南玲北梅"》,颇惹了些是非出来,用论家的话说就是"'南玲北梅'说一度成为媒体小范围讨论的焦点"。有朋友问我怎么会对"南玲北梅"提出质疑,我说皆因倡此说者一口咬定那是一九四二年的事,而但凡同时对梅娘与张爱玲的创作生涯有点了解的,就知道此乃子虚乌有。假如把时间推迟一两年,我未必看得出其中的破绽。此即如梁启超在《中国历史研究法》中所说:"时代错迕则事必伪,此反证之最有力者也。"

我起初买过一本《南玲北梅——四十年代最受读者喜爱的女作家作品选》(刘小沁编),但并未当回事,觉得不过是坊间出书的噱头。后来看到《新文学史料》上登出《梅娘著译年表》(范宇娟作)，一九四二年项下有云："本年，北平马德增书店和上海宇宙风书店联合发起'读者最喜爱的女作家'调查活动。梅娘和张爱玲分别当选。自此流传开'南玲北梅'之说。"我也只是明白了研究者水平不可高估而已。

及至梅娘著《梅娘近作及书简》出版，《北梅说给南玲的话》一篇有云："一九四二年末，北平的马德增书店和上海的宇宙风杂志联合筹办了一项读者调查'谁是最受欢迎的女作家'。结果，张爱玲和我双双名列榜首，从此，就有了'南玲北梅'之说。"既然"当事人"之一也这么说——或首先这么说——那么我就不可不稍予订正了。梅娘提到的那个时候，她自己的代表作《蚌》、《蟹》、《鱼》等均已面世，被推为北方沦陷区"最受欢迎的女作家"或许异议不大；但张爱玲至此公开发表的中文作品总共只有一篇，即一九四〇年八月《西风》第四十八期所载纪念征文《天才梦》，仅凭这区区一千五百字的文章，怎能算是南方沦陷区"最受欢迎的女作家"，梅娘与之"双双名列榜首"岂不掉价。论家说："'南玲北梅'一说受到质疑的潜在意识,是一些张爱玲研究者或者'张迷'骨子里认为二者的创作存在明显的高下之别,梅娘根本不配与张爱玲并称。"其实我当时想的是,无论张爱玲以后文学成就如何,"一九四二年末"她还根本不配与梅娘并称。

前述《中国历史研究法》中列举了不少例证。其一是:"《商君书·徕民篇》有'自魏襄以来'语,有'长平之胜'语;魏襄死在商君死后四十二年,长平战役在商君死后七十八年,今谓商君能语及此二事,不问而知其伪也。"偶阅二〇一四年七月二日《中华读书报》,有一篇《两种人的友谊——记梅娘与赵树理》,与梁氏所言《商君书》事如出一辙,恰巧也是涉及"南玲北梅"的:

"那时大陆有一家不太重要的刊物发表过一篇《一个女作家的一生》的文章,是对梅娘的全面介绍。梅娘给我复印了一份。我又从其他渠道搜寻梅娘的材料。后来写了《'南玲北梅'的'梅'》的长文,在上海《文汇读书周报》发表。《文汇读书周报》是发行量很大的一种读书报纸,在读书人中影响比较大。此后,梅娘广为人知。据说,张爱玲看到我的文章后大为不满,质疑'南玲北梅'

说法的来历，似乎觉得把梅娘的名字跟她摆在一起，有损她的尊严和高大。她不想想，梅娘在成名之后遭遇到多么巨大的厄运，哪像她，一生都在写作，而且后来得到高人的评点和推崇。"

翻检《文汇读书周报》，《"南玲北梅"的"梅"》发表于一九九六年六月一日；而张爱玲一九九五年九月八日被发现死于所居洛杉矶公寓。因此可以肯定，"据说，张爱玲看到我的文章后大为不满"云云是讹传，而作者误信了。至于接下来"她不想想"一番议论，也就成了无稽之谈。

二〇一四年七月二十八日

关于一部警世之作

我曾不止一次讲过三十年前的事：索尔仁尼琴著《古拉格群岛》中译本出版，内部发行，限副局级以上干部凭工作证购买。我所在的报社是局级单位，央求一位不很熟悉的领导同去东长安街的群众出版社读者服务部方才购得一套。当夜开读，时为严冬，感觉如冰水浇背，读完竟大病一场。

近日我又读了安妮·阿普尔鲍姆著《古拉格：一部历史》。微博上有人提及这本书，却与索尔仁尼琴那本弄混了。也许先得说明一下两部作品有何区别，读过《古拉格群岛》之后再读《古拉格：一部历史》还有什么意义。

以作者身份论，索尔仁尼琴是古拉格的幸存者，阿普尔鲍姆是美国的历史学家。以写作态度论，前者激越，后者冷静。以写作时间论，《古拉格群岛》一九七三年十二月首次在巴黎出版，正值古拉格的"持不同政见者时代"；《古拉格：一部历史》面世于二〇〇三年，当时古拉格已不复存在，而且，正如作者所说："到彼尔姆政治犯劳改营终于在一九九二年二月永久性关闭时，苏联本身已经灭亡。"以内容和视野论，《古拉格群岛》根据作者搜集到的由包括其自己在内的许多个人所提供的私人材料而写成；《古拉格：一部历史》则拥有更多私人材料，即"二十世纪八十年代开始在俄罗斯、美国、以色列、西欧以及其他地方出版的大量回忆录"，较之先前，幸存者重现历史的能力更强。尽管阿普尔鲍姆多次以"历史巨著"来形容《古拉格群岛》，但她仍然只是将其当作幸存者回忆录之一来对待。此外，《古拉格：一部历史》还采用了索尔仁尼琴当年无法看到的另一类材料："我尽可能地以被广泛使用的档案材料来证实回忆录的内容——说来似乎很矛盾，不是所有人都喜欢同时使用这两种资料来源。……如果使用得当，它们（指档案材料）可以解释回忆录所无法解释的一些关于劳改营的事情。尤其是，它们有助于解释为什么设立劳改营——或者至少解释斯大林政权认为劳改营将会达到什么目的。"《古拉格：一部历史》因此具有比《古拉格群岛》更为宏观的视野。索尔仁尼琴将自己的作品定义为"文艺性调查初探"，阿普尔鲍姆所写的则是"一部历史"。《古拉格：一部历史》是一部涵盖但并不替代《古拉格群岛》的作品。

也许在许多读者——包括俄罗斯读者和中国读者——看来，《古拉格：一部历史》与《古拉格群岛》之间的种种不同未必具有实际意义，他们未必需要有人在卷帙浩繁的《古拉格群岛》之后再写一部这样的巨著，甚至就连《古拉格群岛》可能都已不再需要。显然，时间把今天的俄罗斯人与古拉格隔开了；对于今天的中国人来说，除了隔着时间，似乎还隔着空间。索尔仁尼琴当年揭露古拉格顺理成章，因为他就是一名受害者，同时迫害正在进行；而阿普尔鲍姆记述古拉格好像并没有充分的理由——她是一个外国人，一己境遇与之无关。

然而，这恰恰构成阿普尔鲍姆写作的理由。其一，旨在记载一部历史，不使湮灭，——俄罗斯总理梅德维杰夫说，"所有这一切必须留在俄罗斯历史中，永远不能再发生，因为发动一场对于自己人民的战争是最大的犯罪"，至少，他所说的第一句话已经在《古拉格：一部历史》中实现了。其二，阿普尔鲍姆认为，古拉格绝非偶然发生的历史事件。

在完整详尽地叙述了古拉格的兴衰始末后，她以下面这段话作为结束："对不同社会如何把邻居和同胞从人变成物知道得越清楚，我们就对导致每一次大规模迫害和大规模屠杀的特定环境了解得越充分，就对我们自己人性的阴暗面洞察得越透彻。写作本书并不像陈词滥调常说的那样，'为的是使这种事情不再发生'。写作本书是因为，几乎可以肯定，这种事情还会再次发生。极权主义哲学曾经对成百上千万人产生过——而且还将继续产生——巨大的吸引力。正如汉娜·阿伦特所曾指出的那样，消灭'目标敌人'仍然是许多独裁政府的主要目的。我们需要知道这是为什么——因此，关于古拉格历史的每一个故事、每一部回忆录、每一份文件都是这个谜题的组成部分，都是对它的一种解释。没有它们，终有一天我们将在醒来之后发现，我们不知道自己是谁。"一言以蔽之，罪恶其实也有它的"普世价值"，所以灾难才有可能普遍发生。

因此,《古拉格:一部历史》是一部警世之书。或许同样因此,它还是一部孤独之书。虽然该书获得普利策奖并被译成多种文字,似乎在一定程度上实现了作者的写作初衷。但是,人们未必真的愿意面对世界,或者真的愿意面对自己。

正如作者所指出:"也许更为严重的是,许多俄罗斯人还以为他们已经对过去进行了讨论,尽管几乎没有进行。至少,当人们向年纪较大的俄罗斯人询问为什么现在难得提到古拉格的话题时,他们回避了这个问题:'一九九〇年我们只能谈论这个,现在我们不再需要谈论它了。'"同样,古拉格作为一个历史事实,"也还没有进入西方公众的意识之中"。就中原因之一在于,"意识形态同样使我们无法通过正常的方式了解苏联以及东欧的历史。从二十世纪三十年代开始,少数西方左派就在竭尽全力为苏联劳改营以及造成劳改营的恐怖统治进行辩解",她举了一个例子:"在莫斯科公开审判期间,当斯大林专横地判决把成千上万名无辜的苏共党员关进劳改营时,剧作家贝尔托特·布莱希特对哲学家西德尼·胡克说,'越是无辜,他们越应该去死'。"

这种状况实际上一直延续至今。作者说："这大概是因为左派哲学的鼻祖——马克思和恩格斯——同样是苏联哲学的鼻祖。有些术语也是通用的：群众、斗争、无产阶级、剥削者和被剥削者、生产资料所有制等等。对苏联的谴责太彻底就有可能殃及某些也曾经被西方左派奉若神明的东西。"

话说至此，已经涉及根本：古拉格肯定是意识形态的产物；没有意识形态主导，就不可能发生这种人类悲剧。即如作者所说："另一方面，列宁——像对他亦步亦趋的那些布尔什维克法学理论家一样——还认为，苏维埃国家的建立将会产生一类新型罪犯：'阶级敌人'。阶级敌人反对革命，并且公开或者经常是隐蔽地企图破坏革命。阶级敌人比普通罪犯难以识别，而且更难改造。不像普通罪犯，决不能相信阶级敌人会与苏维埃政权合作，因此，与普通杀人犯或窃贼相比，务必给予他们更加严厉的惩罚。"此种意义上的"阶级斗争"，是在人类中强行划出一部分，称他们为另一阶级，实际上是把他们划出人类，然后与之斗争，直至将其消灭。在这里，意识形态既是理由，也是目的。这是一种意识形态性的暴行。在世界历史上,此类暴行并不鲜见,可以上溯到宗教裁判所甚至更早。它以正义为名,所以没有底线。与其他暴行不同,它不是由个人或者团伙实施的,而是由整个社会实施的。

对于包括"西方左派"在内的知识分子来说,古拉格以及类似暴行应该具有一种警醒作用:藉此彻底反思自己的意识形态——无论它们源于何处,甄别进而祛除其中可能产生古拉格这种体系的那一部分——无论它们曾经受到多么冠冕堂皇的标榜。知识分子,从根本上讲应该是这样一种人:在公共事务上一以贯之地明辨善恶,拒绝任何权宜之举和左右摇摆,同时尽其所能扬善抑恶。

可以顺便一提前些时候有人就歌德和贝多芬面对国王的不同表现所发表的言论:"当面对国王的仪仗扬长而去没有任何风险且会赢得公众鼓掌时,这样做其实并不需要多少勇气;而鞠躬致敬,会被万人诟病,而且被拿来和贝多芬比较,这倒需要点勇气。"在我看来,与明辨善恶相比,勇气并不具有终极判断的价值。单单标举勇气而回避甚至枉顾善恶之辨,就有可能理所当然地做任何坏事,或者拒绝做任何好事。

作为一个中国读者,读完《古拉格:一部历史》,我想到了约翰·多恩在《紧急时刻的祷告》中所说:"谁都不是一座岛屿,自成一体;每个人都是广袤大地的一部分。如果海浪冲走一块泥土,大陆就少了一点点;如果一个海角,如果你朋友或你自己的庄园被冲掉,也是如此。任何人的死亡都将使我蒙受损失,因为我包蕴在人类之中。所以,不要打听丧钟为谁敲响,它为你而鸣。"

二〇一三年四月十六日

古拉格与底线

偶然看到一份几年前国内某省高考的历史试卷,其中有这样一道题:"丘吉尔曾说过:'斯大林是一个世上无出其右的最大独裁者,他接过俄国时,俄国只有木犁,而当他撒手人寰时,俄国已经拥有核武器。'苏联之所以取得如丘吉尔所说的这一重大成就,主要是因为:A. 充分调动了农民和工人的生产积极性;B. 适时纠正了经济政策中存在的弊端;C. 合理吸引了西方国家的经济建设经验;D. 开创并实行了高度集中的计划经济体制。"

这让我想起《古拉格:一部历史》的某些段落,似乎可供考生准确回答此题参考之用。

"苦役犯似乎同时成为苏联一门新兴工业的骨干力

量。一九四四年，内务人民委员部在一份经济成就统计表中宣称，苏联的铀百分之百是它生产的。'不难推断，'历史学家加林娜·伊万诺娃写道，'什么人开采加工了这种放射性矿物。'战后，因犯和军人还将在车里雅宾斯克建设苏联的第一座核反应堆。'当时，'一名建设者回忆说，'整个建设工地几乎就是一个劳改营。'"书中另一处还写到，在铀矿干活儿的因犯"几乎没有任何防辐射保护"。

"他（指苏联内务人民委员贝利亚）太想使内务人民委员部成为苏联经济的一个富有效率的组成部分了，以致不能允许古拉格系统中任何重要的科学家和工程师丢掉他们的专长在北方边远地区挨饿受冻。一九三八年九月，他开始为科学家因犯安排工作间和实验室，因犯将它们称为黑店。"最终大约有一千名科学家在这里干活儿，"其中包括苏联火箭发动机的首席设计师瓦连京·格卢什科以及后来成为苏联第一颗人造地球卫星之父——实际上是整个苏联太空计划之父——的谢尔盖·科罗廖夫。"

高考试卷这道题的标准答案是"D"。这与事实相去不远，因为古拉格正是苏联"高度集中的计划经济体制"

最重要的组成部分。

一年前我参加过一次《古拉格：一部历史》的读书沙龙。一位国际共运研究专家谈起她曾去俄罗斯的白海运河游览，那里两岸风光很好，但有个老太太告诉她，你知道么，这是三十年代苦役犯建设的。莫斯科的地铁换乘方便，上下几步台阶就可转到另一条路线，可这位专家听老百姓说，那也是当年苦役犯修建的。我所留意的是这些历史的见证者，谆谆提醒世人不要遗忘或忽略什么。从某种意义上讲，《古拉格：一部历史》所发出的是同样的声音。

不过书中还提到历史上更早的一件类似的事情——"通过大量使用农奴和苦役犯，彼得大帝取得了工程建设方面的丰功伟绩"，继而写道："在俄罗斯的历史传说中，彼得大帝作为一个既伟大又残忍的领导者被人们所铭记，而且人们认为这并不矛盾。毕竟，没有什么人记得有多少农奴死于圣彼得堡的建设过程中，而所有人都称赞这座城市的美丽壮观。斯大林极有可能刻意将其当做自己的榜样。"甚至在历史评价上，彼得大帝都有可能成为斯大林的"榜样"。人们可能不会遗忘，但是未必不会忽略，抑或记住的是另外一些东西。历史的耻辱可能成为历史的功绩。

继《古拉格：一部历史》中文本面世后，有一部斯维亚托斯拉夫·雷巴斯、叶卡捷琳娜·雷巴斯合著的《斯大林传：命运与战略》翻译出版。该书写道："问题不在斯大林，问题在于俄罗斯。俄罗斯作为一个世界现象，它在千年之中经历了数次大的劫难，但还是能够站立起来。俄罗斯若是否定斯大林及其残酷的合理性，就是不愿意了解他之所以会出现的环境及已经为此付出的代价。"

由此看来，尽管《古拉格：一部历史》一书写得翔实全面，被誉为"对于任何一个希望了解二十世纪历史的人来说，都是一本必读书"，但即便读了这本书，关于古拉格乃至整个二十世纪历史仍然可以得出另外一种结论。如果肯定"斯大林及其残酷的合理性"，那么，古拉格就不过是"大时代中小人物的悲剧"，不过是为赢得某项事业的发展与成功所做出的不可避免的牺牲。随着时间的推移，它也许将被视为人类社会发展进程中的细枝末节。

"俄罗斯作为一个世界现象，它在千年之中经历了数次大的劫难，但还是能够站立起来"这样的话，听上去似乎铿锵有力；然而我们应当考察一下，它是踩着什么站立起来的。农奴的白骨、古拉格的牢房正是它的立足之地。话说至此，涉及一个虽然人们一再申明，但却没有真正达成共识的问题：人类社会是否存在着一条绝对不许跨越的道德底线，一条截然划分文明与反文明的界线。这也就是雨果当初在《九三年》中所提出的："在绝对正确的革命之上有一个绝对正确的人道主义。"——讲到"绝对正确的革命"，他还不免沾染了些浪漫主义色彩，但"……之上有一个绝对正确的人道主义"就道出了人类文明的真谛。假如这一点真正得以厘清，而且毫无讨价还价的余地，那么"问题不在斯大林，问题在于俄罗斯"一说就不成立。雨果的话对于二者同样适用。没有什么——诸如"祖国"、"民族"、"发展"、"效率"等等，可以凌驾于这句话之上。无论出于何等目的，有些事情是绝对不能干的；如果干了，那么，所实现的唯一结果只能是罪恶。

近来常常听到"专制制度效率更高"之类议论。这或许是事实；但是，我们同样不应忽略"效率更高"是通过什么手段实现的。《古拉格：一部历史》中举了一个例子："如今，一些最权威的苏联劳改营历史的撰写者指出了'劳改营经济活动的效率与送到那里的囚犯人数之间的正比关系'。他们坚持认为，恰恰在劳改营扩张的时候，恰恰在迫切需要囚犯劳动力的时候，对轻微犯罪行为的量刑突然变得更加严厉肯定不是偶然的。"尽管如此，《古拉格：一部历史》也从另一个方面揭示了当年苏联所以为的"高效率"往往并非事实。例如，被高尔基之流御用文人当作斯大林的丰功伟绩大肆吹嘘的白海运河"航道太浅"，以致几乎不起作用。后来苏共中央还不得不承认，"维持劳改营的费用远远高于强制劳动力所创造的全部利润"。

前面我说，《古拉格：一部历史》并未彻底解决相关问题。这责任不在作者，因为她是以承认人类社会的人道主义底线不容逾越为前提写这本书的；放弃这一前提，自然是非淆乱。责任在于我们自己。

二〇一四年三月十四日

小津讲如何拍电影

终导演小津安二郎一生,虽然在日本影坛地位显赫,继沟口健二之后更成为首屈一指的人物,但与沟口和黑泽明等人不同,他的电影受众基本上一直局限于日本,到了晚年,日本电影界更有批评指他过时了。然而时至今日,若列举世界电影史上最具普遍性和永恒性的作品,我们恐怕首先就要想起小津,所提到的还会不止一部——如《东京物语》,而是很多部。这倒好像让"越是民族的,就越是世界的"的话变得有几分道理了。维姆·文德斯甚至说:"如果我来定义,电影是为什么发明的,我将这么回答:'为了产生一部像小津电影那样的作品。'"有的导演令人敬畏,小津则使人觉得亲近,——我是说,使处于完全不同文化背景下的人觉得亲近，而且深深为之感动。这种感动还不是"一次性"的，小津的电影最当得起"常看常新"、"愈看愈深"了。

不过在世界级大导演中，最容易被误解的就是小津。观众即便认为他好，也未必真正看出他的好，他的好可能另在别处；或者说，兴许看到的只是表面，深藏其下的才是他用心所在。所以看他的片子之外，大概还有必要听听明眼人的点拨。有关小津的评传、论著不少，已先后翻译出版佐藤忠男的《小津安二郎的艺术》、唐纳德·里奇的《小津》、田中真澄的《小津安二郎周游》和莲实重彦的《导演小津安二郎》，都很有分量，里奇和莲实所著尤其精彩，即便我们把小津的电影一看再看，也很难比这两位分析得更细致、更深入和更周全了，尽管莲实对里奇的意见不尽认同。现在小津文章和访谈的汇编《我是开豆腐店的，我只做豆腐》一书又译介了过来，不妨再听听他自己如何说法，也许比研究者们更能揭示小津电影的奥秘，亦未可知。

相比之下，小津所说更其明确，没有那么复杂。他是实践者，不是理论家，往往只述事实，不讲道理，或者从事实层面上去讲道理。譬如关于有名的低机位拍摄，小津解释说："我是好恶分明的人，作品会有种种习癖也是没办法。其中之一是摄影机的位置很低，总是采取由下往上拍的仰视构图。这始于喜剧片《肉体美》的场景。虽然是在酒吧中，但拍摄能用的灯比现在少得多，每次换场景就要把灯移来移去，拍了两三个场景后，地板上到处是电线。要一一收拾好再转移到下个场景，既费时也麻烦，所以干脆不拍地板，将镜头朝上。拍出来的构图不差，也省时间，于是变成习惯，摄影机的位置越来越低，后来更常常使用被我们称为'锅盖'的特殊三脚架。"（《小津安二郎谈艺术》）讲得毫无玄机，有论者看了慨叹"小津安二郎很难再作偶像"。我倒以为就中仿佛不经意道出的"拍出来的构图不差"一语，或更值得留意。

又如关于对特写和远景镜头的独特用法，小津说："随着摄影技术的进步，特写也开始用于捕捉表情的微妙变化，在表现激动的感情时使用特写也成了一种'文法'。但我觉得在悲伤时用特写强调未必有效果，会不会因为显得太过悲伤而造成反效果？我在拍摄悲伤场面时反而使用远景，不强调悲伤——不作说明，只是表现。但我会在不需要强调什么的场景时使用特写，因为拍远景时背景太辽阔，我嫌处理背景麻烦，于是采用特写消除周围的背景。我认为特写还有这样的效用。此外在刻画节奏等诸多方面也很有效。"（《电影没有"文法"》）"处理背景麻烦"云云，与谈到低机位拍摄时意思相去不远。然而重要的可能仍是对于如此拍法效果究竟如何的把握。他说："弟弟死时，画面是主角整张悲伤的脸的特写，哥哥死的时候再放大一点，那么母亲死的时候只剩下鼻子和眼睛，到了最爱的恋人或妻子死的时候，画面岂不只剩下眼睛了吗？那独生子死的时候该怎么表现呢？"（《电影的文法》）作为一种审美体验，视觉较之触觉、嗅觉、味觉，乃至听觉，审美主体与审美对象之间距离最远，可以说是最安全的；其他感觉，稍稍过分，就会让人受不了。但是正因为如此，视觉也更容易被轻易滥用，被轻易拉近距离，结果同样也会因为过分而"造成反效果"。

如果结合小津另一处所说："导演要的不是演员释放表情，而是如何压抑感情。"（《性格与表情》）就知道所涉及的不仅仅是如何运用技巧，乃至一己的习惯或风格之类的问题。与其说小津在被动避免什么，还不如说在主动追求什么，或者说，为了追求一些东西，要避免另外一些东西。再看他对曾被认为"不会演戏"的原节子的评价："依我看，她不是用夸张的表情，而是用细微的动作自然表演强烈的喜怒哀乐的类型。换言之，她即使不大声呵斥，也能够表现出极度愤怒的感情。原节子这样的表演能够轻松展现细腻的感情。反而是有些被誉为'戏精'的演员，该怎么拿捏分量都要我一一说明，实在困扰。例如演个老人，就会模仿得过头。要不就是没有个性，老是问我想要怎样。"（《小津安二郎谈艺术》）也是中意原节子的表演最合乎"压抑"，而非"释放"。显然这里小津阐释的是一种电影美学观念。总的来说，是"不必那样"和"应该这样"。在这种观念指导下，他有所不为，有所为，而且一以贯之。呈现出来，就是风格。但也可以反过来说：风格毕竟只是呈现，背后的东西更为关键。

而当小津说："我认为电影没有文法，没有'非此不可'的类型。只要拍出优秀的电影，就是创作出独特的文法，因此，拍电影看起来像是随心所欲。"（《电影界的小言幸兵卫》）也应从坚持自己的电影美学观念这一层去理解。小津的电影乍看似乎比黑泽明或晚辈的大岛渚、今村昌平等有所拘束，其实这是只留意影片内容所导致的误解；小津拍电影时更其无拘无束，从对"电影没有文法"的实践来看，他或许比黑泽、大岛、今村等还要彻底。至于影片内容，就更应该视为小津随心所欲的体现了。用他的话说就是："我认为，电影是以余味定输赢。最近似乎很多人认为动不动就杀人、刺激性强的才是戏剧，但那种东西不是戏剧，只是意外事故。我在想，可以不要意外事故，只以'是吗'、'是这样啦'、'就是那样啦'的腔调拍出好一点的故事吗？"（《电影是以余味定输赢》）不想干什么就不干什么，其实是最高意义上的想干什么就干什么；而对小津来说，不干什么丝毫不影响他的成就和地位。

小津说："有人跟我说，偶尔也拍些不同的东西吧。我说，我是'开豆腐店的'。做豆腐的人去做咖喱饭或炸猪排，不可能好吃。"（《我的毛病》）对此莲实重彦在《导演小津安二郎》中说："我以为这种味觉的比喻是小津——针对其晚年遭到许多批评家攻击——的防御性姿态所虚构出来的多少有点抽象的概念。至少若据小津本人的原话，就认定他的作品是不做炸猪排的豆腐商的一种工匠活，是过于简单了。"在我看来，小津仍然是在强调自己的电影美学观念，而不是对某种类型或风格的描述。当莲实指出某些论家陷入硬性划分"纯粹的小津与不纯的小津，或者完成了的小津与不完全的小津"这样"一个对立图式"，而"把矛盾和对立从视野里排除掉之后，我们所能得到的只是一种抽象"，所言不无道理。但是如果不是从风格而是从风格背后的电影美学观念上去做这种划分，就未必是不对的。对小津来说，风格绝非是单一的，褊狭的；但他的电影美学观念却是明确的，排他的。

《我是开豆腐店的，我只做豆腐》所选录的不止是小津谈电影的言论，还提供了他的不少生平材料。这就要提到书中"酒与战败"、"战地来信"两部分了。而原编者在卷末声明："书中即使有现在看来不适当的语句，考虑到当时的时代背景和作者的表现意图，仍保留原文。"大概也是针对这些内容而言。这里强调一句，我们现在读到的是全译本，没做任何删节。我觉得，删节是一种剥夺读者知情权的行为，粗暴并且愚蠢；原编者和中译本出版者的态度则值得称道。小津当年曾参加侵华战争一事，早已由佐藤忠男、田中真澄等学者披露，他们的著作既已译介过来，对于我们就不再是什么秘闻。而且这只是小津一生中的一段经历，后来他拍了著名的反战电影《风中的母鸡》，不能说对那场给中国和半个世界，同时也给日本带来巨大灾难的战争没有反思。这种反思也延续在他其后拍的一系列影片中。虽然小津称《风中的母鸡》"实在不是好的失败之作"，但在佐藤忠男看来，乃是"深刻地挖掘了战败的根本问题的作品"。

二〇一三年三月十一日

带一本书去小津住过的房间

上次去日本,特地到茅崎馆住了一夜。这是位于茅崎市的一家和式旅馆。茅崎在海边,从东京乘火车一小时抵。我给旅馆写信指名订"本館中二階二番のお部屋",回信说那是小津安二郎住过的房间。我的意愿正在于此。我读过的几部关于小津的评传、论著,还有新出版的小津文章和访谈的汇编《我是开豆腐店的,我只做豆腐》,都一再提到这个地方,是以颇为向往。

与小津在此合编电影剧本的野田高梧曾说:"那家旅馆与其说是旅馆,还不如说是寄宿公寓更恰当。我们的房间有八个榻榻米的大小,向东南方的窗口望出去,可见到一个长长的花园,窗口的光线相当好。从花园的花木含苞吐蕊，到花繁叶茂，到果实累累，我们仍未写完剧本。我们无论何时出去散步，总会采购一些东西回来。小津习惯买肉做汉堡。我们也常常大喝一轮。"这房间依旧如他讲的那样，时值六月，窗外也是"花繁叶茂"。旅馆的介绍写道，小津住在这里，"其间造访的客人很多，他擅长亲自烹饪下酒菜肴招待客人。最顶级的菜肴是在煮得干干的牛肉火锅里撒上咖喱粉的'咖喱牛肉火锅'，只有小津导演的亲密客人才能享受到此项服务。毫无疑问，田中绢代、池部良、高峰秀子等人都在此列。那时的痕迹都已化为天花板上的油渍，留存至今。"我躺在榻榻米上，仰望天花板，感想正如小津电影里常有的台词所说："是这样啊。"

那晚，我倒是记起佐藤忠男所著《小津安二郎的艺术》中的一句话："小津是被野田高梧引导到小资产阶级保守世界里去的。"无论我们对小津电影欣赏与否，似乎常常忽略这位绝对不该忽略的野田高梧。战后初期小津拍了《长屋绅士录》、《风中的母鸡》，均被认为是失败之作。野田说："说实在的，我不喜欢《风中的母鸡》这部作品。表现世态仅仅反映其现象，以及它的处理方式，我不能抱同感。明确地说，小津君也爽快地承认，于是我们俩躲在茅崎的旅馆里写了《晚春》。"之后小津一直与野田合作编剧，其中《晚春》、《宗方姊妹》、《麦秋》、《茶泡饭之味》、《东京物语》和《早春》，都是在茅崎馆完成的。

佐藤忠男说："小津晚年有几部这样的作品：年岁大的评论家和观众，对它们的完善的形式美和保守的道德观给以好评；但是年轻的评论家和观众则说它是不触动现实社会问题纯属资产阶级趣味，较多的是谩骂。"他举《秋日和》为例，"这部影片拍于一九六〇年，正值人民群众为反对日美安全保障条约展开斗争的年头。在社会如此激烈动荡的年代，炮制制作仿佛从来就没有这种斗争的影片本身、大肆宣扬天下太平、升平世界、可庆可贺的影片本身，难道不正是反动吗？"小津当时与被称为"日本新浪潮"的后进导演今村昌平、吉田喜重等也有冲突。对照《秋日和》与大约同时期拍摄的大岛渚的《青春残酷物语》、今村昌平的《猪与军舰》，仿佛真是背道而驰。

另一方面，如今恐怕还是有不少观众——尤其是外国观众——将小津电影所描绘的视为日本人当年的真实生活。譬如我看文德斯的纪录片《寻找小津》，觉得在对小津的无限景仰里，显然包含着对于小津电影里的世界不复存在的深切惋惜。可是若依佐藤忠男和"新浪潮"导演之见，那个世界早就不复存在了，甚至根本没有存在过。

这样一来，小津拍的电影就有一个是真是假的问题。而弄明白了这一点，也就触及其要害之处。拍完《晚春》之后，小津本人对此已经提前做出回答："战后的社会不干净，混乱肮脏，我讨厌这些，但这是现实。与此同时，也有谦虚、美丽而洁净绽放的生命，这也是现实。……但在这个时候讴歌美丽的感情世界，立刻会被视为怀古或是徘徊不前。这样单一的眼光是战后的风俗，但如此是看不出真相的。"这与野田当初批评《风中的母鸡》的意思完全一致，也是小津、野田在此后合作中始终坚持的。然而不能将这简单地理解为"你拍你的，我拍我的"。

小津还说："面对摄影机时，我想的最根本的东西是通过它深入思考事物，找回人类本来丰富的爱……在战后，风俗、心理等那些所谓战后派或许和以前不同，但在其底层流动着的，说是人性可能过于抽象，算是人的温暖吧，我念兹在兹的，就是如何将这种温暖完美地表现在画面上。"这可谓是小津关于他的电影最重要的夫子自道了。不过就像《我是开豆腐店的，我只做豆腐》中其他文字一样，仍然不是我们所期待的那种"终极论述"，——他人所有关于小津电影的论述，说来也是如此。

《我是开豆腐店的，我只做豆腐》对我们观看小津电影的确颇有助益，他的种种特色——内容上的，"文法"上的，风格，以及风格背后的电影美学观念——这里都一一讲到了。但是话说回来，假如一部小津的片子都没看过，光读这本书未必就能轻松地理解他的意思。我觉得它有点像禅宗的"公案"。在公案里，有人问"如何是佛祖西来意"，大德回答"庭前柏树子"；问"什么是佛"，则答"干屎橛"。这其实起的是祛魅的作用：破而不立，杜绝过度诠释。我想起在北镰仓圆觉寺所见小津墓碑上的那个"无"字。小津曾说到他年轻时读维克多·弗里伯格的《电影制作法》，"现在想起来，是把很简单的道理故意写得很复杂，就好像说'这个蒟蒻浸过酱油，加了糖，再撒一点辣椒，所以好吃'一样。"他自己接受采访，写文章，多少有点故意反其道而行之。譬如他一再讲"电影无文法"，然而看过小津的电影就知道，他拍电影自成一套"文法"，在世界电影史上，真正做到这一点的导演寥寥无几。

同样，小津讲的"人类本来丰富的爱"、"人的温暖"，也得结合他的电影，才能明白其所指究竟是什么。小津在《东京物语》以及此前的《晚春》、《麦秋》，此后的《彼岸花》、《秋日和》、《秋刀鱼之味》中，所关心的都是父母子女之间的关系。我看《东京物语》甚感凄凉，片中那对远道前往东京看望儿女的老年夫妇，是在做一个注定将会破灭的梦：儿子和女儿已各自成家，但是他们还以为彼此间的亲情仍然存在。待到这个梦终于破灭，母亲死了，父亲也彻底陷入了孤独。

在小津晚期的电影中，《东京物语》人物关系最为复杂，也最为完整。他此前此后的多部电影都是由这里衍生出来的，所以《东京物语》堪称他的集大成之作。影片结尾母亲去世，只剩下父亲，有个小女儿陪在身边。她将来终究要出嫁，于是就成了《晚春》、《麦秋》、《彼岸花》、《秋日和》和《秋刀鱼之味》的故事。父亲与女儿之间，即如《晚春》、《秋刀鱼之味》所刻画的关系。

《东京物语》里母亲死后，大女儿说："这么说也许不大好，两位老人要是有一个必须先走，我觉得还是爸爸先走好。照这样，如果京子出嫁了，剩爸爸一个人就麻烦了。"如果换作父亲死了，母亲与女儿之间，就是《秋日和》所刻画的关系。似乎在小津看来，年老的父亲或母亲与终将离开自己的女儿之间的关系，最能体现他讲的"人类本来丰富的爱"、"人的温暖"。

具体说来，这有两层意思：其一，为血缘关系所维系的父母子女之间的亲情是人世间最宝贵的；其二，这种亲情将因下一代人拥有自己新的生活而结束。《东京物语》里，京子不满母亲死后姐姐的表现，对寡嫂纪子说："妈妈死了就立刻要东西，我一想到作母亲的心情就非常难过。不是自己亲生的倒是亲切温暖，父母子女之间不该是这样的关系。"纪子说："我像你这么大的时候，也这么想过。可是孩子一长大，离父母渐渐就远了。到了姐姐那般年纪，就有和父母不同的她自己的生活。我想姐姐决不是出于心术不良才那样。谁都会认为自己的生活才是最重要的。"京子说："是吗，可是我不想变成那个样子。要是那样，父母与子女之间的关系就实在没意思透了。"纪子说:"不错,可是大家不是都朝着这方面变下去吗?慢慢就会变成这样的。"这是一个自然而然的过程,相关者对此尽管惋惜,却无法抗拒。《秋日和》里,即将出嫁的女儿问母亲:"你不会寂寞吗?"母亲回答:"我必须面对,你的外婆也是这么过来的,父母和孩子到时候都是这样的。"

《秋刀鱼之味》里那个潦倒的老师和一直留在他身边没有嫁人的同样潦倒的女儿,可以说是这一系列女儿出嫁故事的反面例子。然而在小津看来,结婚是人生的必由之路,却未必是幸福之路。爱情在小津的电影里分量一向不重,大概只在《浮草》里有所刻画,或许他心目中的"本来丰富的爱"和"温暖"并不体现在这里。《晚春》、《麦秋》、《彼岸花》、《秋日和》和《秋刀鱼之味》都拍到女儿出嫁之时为止。此后她们将过的无非是《东京物语》里大儿子和大女儿那样的家庭生活,境况大概介乎《茶泡饭之味》、《早春》的"合"与《宗方姊妹》、《东京暮色》的"分"之间罢。

"晚期小津"的首尾两部影片《晚春》和《秋刀鱼之味》情节很接近,都是当鳏夫的父亲要女儿结婚的故事。

父亲皆由笠智众扮演，角色也差不多；分别由原节子和岩下志麻扮演的女儿却颇有区别。原节子的角色对父亲充满依依不舍的柔情，而岩下志麻的角色这份情感则淡了很多，显得稍有点"硬"。两部片子相隔十几年，如果说《晚春》里两代人同时珍惜为血缘关系所维系的亲情的话，那么在《秋刀鱼之味》里这份亲情就几乎只属于上一代人了。片中父亲出席女儿婚礼后来到酒馆，老板娘问："今天从哪里回来的呢？葬礼吗？"他回答："嗯，也可以那么说。"在我看来，小津拍《秋刀鱼之味》比拍《晚春》更多了几分悲哀。

说到这里，也许可以回答小津电影的真实性问题了。小津讲的"不干净，混乱肮脏"与"谦虚、美丽而洁净绽放的生命"这两种"现实"并不处于同一层面。他的电影所表现的与其说是不同于"新浪潮"导演所表现的战后日本一部分现实之外的另一部分现实，不如说是在他看来整个战后日本现实中更深入、更内在的那一部分。小津电影揭示了一种具有普遍意义的人生模式或情感模式，它可以毫无障碍——包括因对佐藤忠男所谓日本"社会如此激烈动荡的年代"缺乏了解而形成的障碍——地为不同国度、不同时代的观众所体会，所认同。这正是小津电影永恒的魅力之所在。

离开茅崎馆时，老板娘送给我一张她丈夫和小津并肩站在标有"大船摄影所"字样的面包车前的合影，以为留念。我想下次再去时回赠一册《我是开豆腐店的，我只做豆腐》中译本，与旅馆一楼休息室书柜里那些与小津有关的书摆在一起。

二〇一三年七月十九日

"我,艾米莉·勃朗特……"

勃朗特姊妹常常被相提并论,文学史上写在一处,著作也编在一起出版。"相提"则一荣俱荣,小妹安妮显然从中获益,如若没有这层关系,现在也许不会有什么人谈起她,更不要说读她的书了。"并论"则有得有失,尤其发生在大姐夏洛蒂和二姐艾米莉之间。《呼啸山庄》面世时,读者以为是"《简·爱》作者的一部早期拙劣之作";夏洛蒂在艾米莉身后著文为之辩解,却也承认:"《呼啸山庄》是在一个野外的作坊里,用简陋的工具,对粗糙的材料进行加工凿成的。"(《〈呼啸山庄〉再版本序》)然而不过几十年后,艾米莉已被看成"三姊妹中最伟大的天才",她与姐姐的所有不同之处,"优势几乎完全在艾米莉一方"。弗吉尼亚·伍尔夫在《〈简·爱〉与〈呼啸山庄〉》中说:"《呼啸山庄》是一部比《简·爱》更难理解的作品,因为艾米莉是一位比夏洛蒂更伟大的诗人。"

《简·爱》与《呼啸山庄》问世已经一百六十多年了。说来除了两位作者的血缘外,作为作品它们几无共同之处。进一步讲,《呼啸山庄》与《简·爱》的区别,在很大程度上正是它与同时代乃至先前稍后许多作品的区别。戴维·塞西尔在《艾米莉·勃朗特和〈呼啸山庄〉》中说:"在维多利亚时代的小说中,《呼啸山庄》是唯一一部没有被时间的尘土遮没了光辉的作品,即使部分地遮没也没有。唯有它,今天仍和问世之初一样使我们激动。"《呼啸山庄》最初不被理解,也不被接受;如今地位崇高,名声显赫,拥有广泛的读者,但却未必真的得到理解。艾米莉几乎是强迫大家接受了她笔下的一切——主人公希思克利夫;他与凯瑟琳的关系;他对恩肖和林顿两家的报复,包括种种巧取豪夺、虐待无辜。

伍尔夫说:"当夏洛蒂写作时,她以雄辩、华丽而热情的语言来倾诉:'我爱','我恨','我痛苦'。她的经验虽然更为强烈,却和我们本身的经验处在同一水平上。然而，在《呼啸山庄》中，却没有这个'我'。没有家庭女教师，也没有雇用教师的主人。有爱，然而却不是男女之爱。艾米莉是被某种更为广泛的思想观念所激动。那促使她去创作的动力，并非她自己所受到的痛苦或伤害。她朝外面望去，看到一个四分五裂、混乱不堪的世界，于是她觉得她的内心有一股力量，要在一部作品中把那分裂的世界重新合为一体。在整部作品中，从头到尾都可以感觉到那巨大的抱负——这是一场战斗，虽然受到一点挫折，但依然信心百倍，她要通过她的人物来倾诉的不仅仅是'我爱'或'我恨'，而是'我们，整个人类……'和'你们，永恒的力量……'。这句话并未说完。她言犹未尽，这也不足奇；令人惊奇的却是她完全能够使我们感觉到她心中想说而未说的话。"

当伍尔夫谈到夏洛蒂的"我"时，无疑想到了《简·爱》的同名女主人公；当她说《呼啸山庄》里没有"我"时，意思是在书中找不到一个角色可以充当作者的代言人。然而，毛姆《艾米莉·勃朗特和〈呼啸山庄〉》所说却正好与此相反："我认为，她是在自己灵魂的隐秘深处找到希思克利夫和凯瑟琳·恩肖的。我想，她自己就是希思克利夫；我想，她自己就是凯瑟琳·恩肖。"

暂且搁下这个话头。却说毛姆虽然把《呼啸山庄》推举为世界上十部最佳小说之一，却觉得它"写得很糟"、"结构臃肿笨拙"，他指的是小说复杂的叙述方式。即如安德鲁·桑德斯在《牛津简明英国文学史》中所说："小说通过平衡两个主要叙述者和五个次要叙述者相互补充但并不一致的观点，不时转换时间和视角。"虽然桑德斯的评价有所不同："尽管小说对形式的把握的确已经达到了炉火纯青的地步，可是在所有的英国小说中，它迄今仍是最不拘传统、最令人费解的一部作品。"而这正是《呼啸山庄》最初受到指摘的一个原因，另一个原因则是希思克利夫这个人物。《呼啸山庄》曾经是一部既有悖于读者的道德习惯，又不合乎读者阅读习惯的书。即便对于现在的读者来说，仍然存在着类似问题：作者为什么要写这个，而且为什么要这么写。《呼啸山庄》是一部小说，但向来有人称之为"诗"。这话把人们认为它具有的好处与坏处都说着了。而所谓好坏，其实都是不合常规，无所拘束；换个说法，就是"居然如此"或"不该如此"。

构成《呼啸山庄》的主体或核心的，当然是希思克利夫与凯瑟琳，或者说他与恩肖和林顿两个家族之间的恩怨情仇。不过，作者先让一个房客洛克伍德把他的所见所感说给我们，再让女管家奈丽·迪恩告诉他这里曾经发生的一切。毛姆说："讲《呼啸山庄》这个故事，一位有经验的小说家也许可以找到一个更好的方法。"假若不这么讲来讲去，而直接去写那个主体或核心，当然并非不可以；希思克利夫还是希思克利夫，凯瑟琳还是凯瑟琳，整个故事还是那样起头，那样发展，那样收束。可是这么一来，呈现在我们面前的就真是一部超越现实的"哥特小说"了。

　　《呼啸山庄》与哥特小说的关系，已经论家一再阐述。我们或许首先想到笼罩作品的神秘恐怖气氛，尤其是小说开头洛克伍德夜宿呼啸山庄时所做的那个怪诞骇人的梦，以及结尾有人看见在附近的荒野结伴出没的希思克利夫和凯瑟琳的游魂。然而尤有甚者，首先是希思克利夫这个人物。希思克利夫径直走出人性的限度之外，离我们太远了。有人将此归咎于作者。玛丽·沃德《〈呼啸山庄〉导言》所说可以代表一般人对希思克利夫的印象："希思克利夫对凯瑟琳说的那些关于她所爱的丈夫的狠毒的话；他当着凯瑟琳的面卑鄙而不可置信地追求伊莎贝拉；他长期追逐和俘获他死去的情人的孩子小凯瑟琳的可怕情景；他对那个母亲的热恋和对那个女儿的卑鄙的恶棍行径之不能相容；甚至他对凯瑟琳的爱里也没有一分仁慈，在她临终时呵责她，怒斥她；在他身上，高尚的激情和骗子与窃贼的极下流的奸计混合在一起——这些东西失之过火，以致悲剧的场景一再消失在纯粹的暴力和过度之中，本该是一个人，却变成了一个怪物。"其实这还是以衡量我们自己的尺度来衡量他。相比之下，倒是小说中的人物看得清楚。先是与希思克利夫私奔并结婚的伊莎贝拉问："希思克利夫先生是一个人吗？如果是，他是不是疯了？如果不是，他是不是个魔王？"然后是奈丽面对临死的希思克利夫"暗自思量"："他是个食尸鬼，还是个吸血鬼？"两段描述相互呼应。此前奈丽还说过："我觉得，我仿佛不是与和我同属一类的有生之物为伍。"然而希思克利夫从不按照人的逻辑行事。有如他在临死之前所说："不需要请什么牧师来，也不需要在上面给我念什么——我告诉你，我已经快到我的天堂了，别人的天堂，我根本看不上眼儿，我也不眼馋！"关键不在希思克利夫反对什么，而在他另外遵循什么，——显然属于另一种尺度，另一种逻辑。在《呼啸山庄》中，存在着两种完全不同的逻辑。沃德所谓"本该是一个人"，是从其中一种逻辑考虑；而在另一种逻辑中，这个问题根本就不存在。固守第一种逻辑，则只能被人视为"怪物"。G.K.切斯特顿《文学中的维多利亚时代》所谓"希思克利夫作为人，是个惨败；作为魔鬼，则是个成功"，本是站在与沃德相同的立场上贬抑《呼啸山庄》之谈；假如伊莎贝拉和奈丽所言不谬，这倒应该看作是对《呼啸山庄》的褒扬了。

另外还有希思克利夫与凯瑟琳的关系。凯瑟琳在决定接受林顿的求婚时说："我就是希思克利夫——他无时无刻不在我心里——不是当作一种乐趣，我把我自己同样也不能总是当作一种乐趣——而是当作我自己本身的存在——所以不要再谈什么我们分开的事——那是做不到的……"希思克利夫则在凯瑟琳死后说："她现在在哪儿？不是在那儿——不是在天堂——不是去世了——在哪儿呢？……凯瑟琳·恩肖，只要我还活着，你就永远不得安息！你说，我害死了你——那么，你就阴魂不散来缠住我吧！……永远跟着我吧——不管用什么样子显形——把我逼疯吧！只要不把我撇在这个深渊里，让我无法找到你！

啊，上帝啊，这可是难以言传的痛苦呀！没有我的命根子我没法活！没有我的灵魂我没法活呀！"两相对照我们就知道，寻常的所谓"爱情"并不足以概括二人的关系；而且也就明白了为什么在凯瑟琳死后这一关系仍然得以延续下去。而希思克利夫则说出了他们真正的结局："我让他把她的棺材盖上的土刨开，我打开了棺材。……我把那一边的棺材板弄松了……我买通了那个教堂执事，等将来我下葬的时候他就把松了的棺材板拉开，并且把我的棺材的这一边也抽掉——我要把它做成那样的，等到那时候林顿来找我们，他就分不清哪个是哪个啦。"希思克利夫还对凯瑟琳说："你对我的所作所为，我都宽恕，我爱谋害我的人——可是谋害你的那一个，我怎么可能宽恕呢？"他把凯瑟琳视为两部分，其中一半与他自己实际上是同一个人；这一半了解他，理解他，爱他，也为他所爱；而他一直都在追求，最终也做到了与之合为一体。另一半则与呼啸山庄和画眉田庄里的其他人一并属于"谋害你的那一个"，最终难逃他的报复。

我们进而可以说，整个故事布局和一应人物设置都是按照这个思路。恩肖和林顿两个家族总共三代十三个人，其中任何一位对于这个故事来说都是不可或缺的。譬如弗朗西丝之所以存在,是因为她要与欣德利结婚并生下哈顿;伊莎贝拉之所以存在,是因为她要与希思克利夫结婚并生下小林顿;小林顿之所以存在,是因为他要与小凯瑟琳结婚。而希思克利夫与伊莎贝拉的婚姻,小林顿与小凯瑟琳的婚姻,则是希思克利夫霸占呼啸山庄和画眉田庄必不可少的两个步骤。另一方面,恩肖太太、恩肖先生、林顿先生、林顿太太、弗朗西丝、凯瑟琳、欣德利、伊莎贝拉、埃德加、小林顿和希思克利夫,全都恰到其时地死去了;不是他或她对于故事不再有用,就是这种死亡有助于情节的进一步发展。最后只剩下哈顿和小凯瑟琳,二人结为夫妇。这个新的家庭既是两个家族的劫余,又是它们的新生。《呼啸山庄》此种构思,显然并不考虑通常写小说所要考虑的"真实性",也就是说,不以现实生活作为参照。附带说一句,《呼啸山庄》节奏明快,进展迅速,几乎没有任何与实现作品的两大目标——追求者和报复者希思克利夫达到了目的,两个庄园归属于幸存者哈顿和小凯瑟琳——无关的笔墨。

所有这些,对于以了解"真实生活"或"现实世界"

为目的的读者来说，或许构成某种障碍。然而作者将其一总置诸洛克伍德和奈丽·迪恩讲述的框架之内。正如多萝西·凡·根特在《论〈呼啸山庄〉》中所说："我们是通过洛克伍德和奈丽·迪恩的两双眼睛来观赏这出戏的，而他们两人都确凿无疑是属于真正现实世界的人。发生在主要人物之间的那些戏剧性事件，经过他们特定的平凡目光的筛选，就同现世的、世俗的事物联系起来。因为洛克伍德和奈丽·迪恩亲眼目睹了山庄生活中那难以令人置信的暴力行为，或者可以说，因为奈丽·迪恩目击了这种暴力行为，领略了它的全部分量，而且因为洛克伍德相信她的所见所闻，作品的戏剧性情节才揉进了人们心理上所熟悉的环境中去。"因为有了这样两个"见证人"，一部哥特小说变成了一部非哥特小说：洛克伍德和奈丽·迪恩是与读者一样的人，我们相信了他们的话，也就相信了这个故事。

奈丽和洛克伍德对于《呼啸山庄》的意义并不局限于此。阿诺德·凯特尔在《艾米莉·勃朗特：〈呼啸山庄〉》中写道："洛克伍德和奈丽·迪恩这两个讲故事人的角色不是随意构想出来的。他们的作用——他们是小说里最'正常'的人——一方面是使这个故事更带有人间气味，更容易使人相信，另一方面是要让他们从常人见识的角度来对故事加以评论，从而部分地揭示出故事是如何缺乏这种常人的见识。他们对故事起着筛子的作用，有时甚至是双重筛子的作用，目的不但是单纯地筛掉麸皮，还要使我们觉察到轻易地做出判断是困难的。读者一直觉得小说最后并没有得出定论。"洛克伍德是从文明世界偶尔来到呼啸山庄这个文明以外的世界，不免要以文明之光烛照这里神秘恐怖的气氛。当听到有关希思克利夫和凯瑟琳的游魂在荒野出没的传闻之后，"我在温和宽广的天幕下，徘徊在这三个墓碑周围，守望着飞蛾在石楠和钓钟柳丛中扑打着翅膀，倾听着和风吹过草丛的声音，心中疑惑不解：何以有人想象出来，那些长眠者在如此安谧宁静的土地之中，却不得安谧宁静地沉睡。"小说结束于此，自有深意在焉。

相比之下，奈丽所起作用更为重要。如同乔治·布鲁斯东的《从小说到电影》所说，她"代表着稳重、清醒、通情达理、一种谆谆善诱而不是强加于人的基督教的良知"，对于凯瑟琳和希思克利夫，她总是直言不讳。当凯瑟琳宣称"我就是希思克利夫"时，奈丽表示："她这番话我已经听得不耐烦了！"而希思克利夫尽管为所欲为，却也不能不面对她的挖苦抨击。奈丽自始至终都是希思克利夫的反对者。故事又几乎都是经她之口讲出的，"叙述中处处夹杂着她自己的议论、感叹和道德评判。她以这种评判作为一个标准，去衡量每一个人物。……她像一具测量计，记录着那终于把生命和幸福一起埋葬了的乖张和任性。"从情节进展来看，奈丽无关大局；但正因为她以及洛克伍德的存在，使得《呼啸山庄》具有不止一种倾向性，而且彼此制约，相互抗衡。《呼啸山庄》足够惊世骇俗；对此的否定意见，同样见于这本书中。回过头去看毛姆的话，如果艾米莉自己就是希思克利夫或凯瑟琳，那么她同样也是奈丽和洛克伍德。

在《呼啸山庄》中，奈丽代表人间视点，与之一致的还有恩肖和林顿两个家族几乎所有成员——附带说一句，包括《简·爱》在内的大多数小说，仅仅具有这一种视点；尽管作为人间视点，它们各自有所不同——希思克利夫则代表非人间视点。在小说中，他本来就是一个外来者。《呼啸山庄》描写的是非人间一方对于人间一方的侵袭，争夺的目标是凯瑟琳，无论她活着还是死去。这是一场以凯瑟琳——即使在她死后——为战场的旷日持久的战争。

非人间的一方如愿以偿；作品却以风暴过去，人间复归宁静而告终。谁也不是真正的获胜者。这说明，无论哪一种视点都不具有终极意义。而艾米莉既不认同希思克利夫，也不认同奈丽，她是他们的总和；或者说，她凌驾于二者之上。作为创造者，艾米莉赋予创造物以生命，在创造希思克利夫和凯瑟琳时，这种赋予尤其充分；然而她又不失至高无上的创造者的身份。她把人间与非人间一并包容。当她说出"我，艾米莉·勃朗特……"这句话时，她已经不像她姐姐那样是我们这些凡人中的一员，而更接近于上帝的角色。回过头去看伍尔夫说《呼啸山庄》里没有作者自己的"我"，其实是指没有与现实生活中某个具体人物处于同一层次的"我"。而伍尔夫所谓"她朝外面望去"云云，正是立足于这个超越人间的视点。站在这个立场，才谈得上塞西尔所说"故事的背景是艾米莉·勃朗特心目中的宇宙的缩影"、"小说的主题就是这种和谐的破坏和重新建立"。

塞西尔说："与这幅在永恒真理的背景上显示出来的一个人口稀少的乡村的图景相比，甚至《名利场》绚丽多彩的世界全景也显得那么微不足道。因为艾米莉·勃朗特在这本小说里透过作为萨克雷及其同时代作家们写作题材的经验的表象，接触到了通常被认为是悲剧或史诗题材的人生根本问题。《呼啸山庄》和《哈姆莱特》、《神曲》一样，是关于人和命运的根本问题的。和《失乐园》一样，致力于'向人类阐说上帝之道'。世界上没有一本小说有比它更为宏大的主题。"他指出，"艾米莉·勃朗特对人生的看法从根本上与其他英国小说家所描写的不同"，"抛弃了作为那些作家构思的基础的对立观念"，包括人与自然的对立，善与恶的对立，生与死的对立。塞西尔的确说中了《呼啸山庄》的关键所在，而这得益于艾米莉所处的位置；她抛弃的上述观念其实正是她所俯瞰着的人间赖以维系的基础。

［附记］查旧日记，有以下记载：

二〇〇七年三月十五日："开始重读《呼啸山庄》，拟作一文。"

三月十九日："读《呼啸山庄》毕。"

三月二十一日："读关于《呼啸山庄》的评论。"

三月二十三日："摘抄有关《呼啸山庄》的材料。各家评述颇透彻（尤以戴维·塞西尔和多萝西·凡·根特最为深刻），很难再有新鲜说法。或可就《呼啸山庄》之兼为

'诗'与'小说'、艾米莉·勃朗特之兼为'诗人'与'小说家'一论之。"

三月二十九日："重新整理关于《呼啸山庄》的材料，理出一个思路：它为什么不过时？"

四月一日："再想《呼啸山庄》：这是一本不讲道理的书。没有什么不可理解的，希思克利夫、凯瑟琳都是道理自明，不过不合我们的道理罢了。自有其真、善、美在。"

八月三日："重看搁置已久的《呼啸山庄》材料，拟把文章写完。我时常有如一个与自己相持不下的人，假以时日，才能看清孰是孰非。"

八月八日："重写关于《呼啸山庄》的文章，未完。"

八月九日："写《"我，艾米莉·勃朗特……"》，尚须大改。"

然而转天即是母亲病发之日，也就搁置下来。记得母亲还曾问起过，但当时实在无心顾及。今晨找出，略加整理，遂成此文。原本有些想法已经接不上茬儿，只好放弃了。

二〇一四年十一月九日

我读东野圭吾

前些天我在微博上谈论东野圭吾，有人跟帖说，他不就是个畅销书作家么。我想这倒真如俗话所云，"占多大便宜就吃多大亏"，书畅销意味着赚钱，所以有人嗤之以鼻。但在我看来，一本书畅销固然不是它的好处，却也不一定是它的坏处，还是要看到底写得怎样，而且不能一概而论。东野的小说良莠不齐，最好的时候的确不像许多畅销书那样有意按照迎合读者口味的某种模式来写，虽然书出了之后还是会吸引很多读者。

东野的作品以推理小说为主，他有名的神探伽利略系列、加贺恭一郎系列，都是地道的推理小说。然而这也容易造成一种误解，即凡是出自他之手的一律按照推理小说来看，若是觉得某些作品推理成分少了，就断言写得不够成功。东野不少优秀作品，譬如《黎明之街》、《秘密》甚至《白夜行》，都不是推理小说。按照大洪兄的说法，《白夜行》是一本"反成长小说"，——这里借用了如歌德的《威廉·迈斯特的学习时代》那种"成长小说"的说法，《白夜行》也是描写主人公的成长的，但却与正常的成长方向背道而驰。可以说，东野的名气多半得自推理小说，但他的才华却不为推理小说所限。就小说类型来讲，推理小说归根到底是一种智力游戏，只要在实证和逻辑上没有明显漏洞就算成功。东野有的作品可以视为推理小说的杰作，如《恶意》、《谁杀了她》和《圣女的救济》；有的甚至达不到推理小说的基本要求，如《盛夏方程式》；有的却能够突破推理小说的局限，写出纯文学的水平，如《恶意》、《新参者》和《红手指》。

在东野的作品中，有两本可能不太被人重视，值得在此特别提一下。一本是《谁杀了她》，这是作者向古典推理小说致敬之作。埃勒里·奎因的作品将近结尾处常有"挑战读者"的环节，《谁杀了她》相当于写到这里为止。所谓开放式结局其实还是有结局的：线索都在那儿，读者自可得出答案。关键还要看情节是否足够复杂，推理是否足够缜密。但是加贺在这里比他的前辈遇到了更大的困难：推理小说是以实证和逻辑为方法，以线索为材料构筑的建筑，这一次加贺用的却是被破坏过了的剩余材料，但他仍然能够战胜所有对手，成功破案。另一本是《黎明之街》，此书最好地诠释了"故弄玄虚"——这句话一向被看作贬义词，然而女主人公所思所为却体现着复杂的人性，作者又演绎得极尽悬念，完美之至。小说描写人性、感情，有如在悬崖上跳舞，过犹不及，但这个分寸作者始终把握得很好。

东野的作品有偏冷与偏暖，悲观与乐观，或者说揭示恶与张扬善这样两路。总的来说，他更善于描写恶，尤其是那种超越常人的恶，《白夜行》、《恶意》、《黎明之街》在这方面都很成功。我曾说，在《恶意》里，人性的恶没有底线；在《红手指》里，人性的善残存于恶的底线之下。《嫌疑人X的献身》则是以超越常人之恶来实现根本谈不上善的超越常人之爱——所以小说结尾处汤川学才要彻底击溃石神，证明他所做的一切除罪恶外都是徒劳，不然被杀的那个流浪汉就是不白之冤了。然而东野却写不了超越常人的善，《信》就是失败的一例。（其实世上除了陀思妥耶夫斯基，谁也写不好超越常人的善。）东野只能写常人的善，而且写得很好，如《新参者》。加贺恭一郎探案集十本中，最多揭示恶意的是《恶意》，最多释放善意的是《新参者》，这应该说是加贺的也是东野的世界的两极。东野笔下的恶人每每活灵活现，入木三分。他所塑造的好人最成功的是加贺恭一郎，还有《新参者》里加贺遇到的那些人，他们都是真实的普通人——但凡超出这一范围，过于理想化，就显得虚假，譬如《信》里的平野社长，简直就是《悲惨世界》里的米里哀主教转世，而这个人物竟然还在情节进展中起到重要作用。

话说至此，可以提到刚刚翻译出版的《解忧杂货店》了。第一，这本书不是按照畅销书的惯常套路写的；第二，这不是一本推理小说；第三，它是偏暖的，乐观的，张扬善的——是那种可信的、常人的善。此外再补充一点：第四，东野的作品大部分是描写现实的，有些则是有超现实色彩的，如《秘密》；而在《解忧杂货店》中，超现实的因素也在故事中起到重要作用。

一部作品有从开头写和从结尾写两种，推理小说应该都是从结尾写的，不然做不到极尽曲折变化而又严丝合缝、滴水不漏；也正因为如此，我对写得不够周密，开头奇崛、结尾泄气的推理小说特别看不上。《解忧杂货店》虽然不是推理小说，但结构和人物关系却既复杂，又完整，作者这番功力可与他的《新参者》相比。

二〇一四年七月四日

写在一份目录边上

三十多年前上大学，赶上外国文学开禁，因此读了不少这方面的书，对我一生影响很大。此事我已讲过不止一次，但是向来忽略了一点：当时是通过什么媒介阅读的呢，笼统地说"读书"好像并不准确。不少作品最初登在杂志上，后来才出版单行本，有些作家甚至连名字都是因为杂志介绍才知道的。这就要提到《世界文学》以及另一本杂志《外国文艺》，它们可谓我的重要启蒙读物。

有一次我去电视台做节目，话题是侦探小说，末了要推荐几本书，我举的其中之一是迪伦马特著《法官和他的刽子手》。这篇作品最初就刊登在一九七八年十月《世界文学》创刊号上。我还记得那天在学校图书馆里，一口气把它读完了。这是我平生第一次接触迪伦马特的作品，也是第一次接触侦探小说。说实话，那会儿我只是为这故事所吸引，还没看出《法官和他的刽子手》作为一部侦探小说的特别好处，或者说，它远远超越一部侦探小说的特别好处。以后读了奎因的《希腊棺材之谜》，克里斯蒂的《尼罗河上的惨案》、《东方快车上的谋杀案》，案情更复杂，破案更不易，我还以为比《法官和他的刽子手》写得更好呢。

以后阅历渐广，思考稍深，侦探小说也读得多了，这才慢慢看出一点门道：侦探小说诞生于资本主义上升时期，它传达了那个年代的一种理念，即这个世界是符合逻辑的，可以利用理性加以把握，而体现理性与正义的作为，总是有成效和有意义的，善最终能够战胜恶。就像博尔赫斯所说："在我们这个混乱不堪的年代里，还有某些东西仍然默默地保持着经典著作的美德，那就是侦探小说；因为找不到一篇侦探小说是没头没脑，缺乏主要内容，没有结尾的。……这一文学体裁正在一个杂乱无章的时代里拯救秩序。"（《博尔赫斯口述》）问题在于，假如这"时代"确实"杂乱无章"，那么"拯救秩序"就只不过是善良的人们的一种愿望罢了。侦探小说拥有众多读者，究其缘由，或许就在于此。

回过头去想想《法官和他的刽子手》，作者却是明眼人，看穿了这世界根本不是如一般侦探小说所昭示的那么回事。书中的冒险家加斯特曼曾经当着警察贝尔拉赫的面杀了一个无辜的人，后者却无法提供他的犯罪证据，只能任其逍遥法外。时隔多年，加斯特曼大言不惭地对贝尔拉赫说："我成了一个越来越高明的犯罪者，而你成了一个越来越高明的刑事专家。但步调是：我总比你先走一步，而你永远也追不上。我始终像一个灰色的幽灵出现在你的发展道路上，我始终有兴趣在你鼻子底下干出可谓大胆、粗野、亵渎神明的犯罪行为，而你却始终不能对我的行为提出证据。你能够制约那些笨蛋，但是我却能战胜你。"贝尔拉赫只能借另一桩加斯特曼虽有牵连但并非凶手的案子设下圈套，了结彼此这番纠葛。即如他对那桩案子里的真凶钱茨所说："……这当儿我抓住了你，你，这个杀人犯，我把你转变成我的最最可怕的武器，因为绝望逼着你，一个杀人犯必须找到另一个杀人犯做替身，我把我的目的变成了你的目的。"落入贝尔拉赫的圈套，如其所愿杀了加斯特曼的钱茨说:"于是你成为法官,而我则是刽子手。"这里我们看到,面对没有限制的恶,善如果局限于善的途径,往往变得无能为力;利用一种恶来消灭另一种恶,也就成了行之有效的善,虽然多少有点无可奈何。

《法官和他的刽子手》属于迪伦马特的早期作品,后来他创作的另一部通常也被视为侦探小说的《诺言》,则更悲观,也更深刻。在那里,就连贝尔拉赫所曾实现的都无从实现了,善对恶的抗争不仅徒劳无益,而且显得荒诞可笑,甚至善与恶是否真的构成这个世界对立的两极,亦已难以确定。博尔赫斯所谓"秩序"彻底不复存在了。

我是侦探小说的爱好者。此类作品,阅读快感全在过程之中,终卷也就完事了。但是《法官和他的刽子手》与《诺言》却发人深思,而且可以反复体会,正所谓"历久而弥新"。说来迪伦马特只是借用侦探小说这形式而已,我以此名义予以推荐,未免有点委曲它们。

这次因为想起当年在《世界文学》上读到《法官和他的刽子手》,打算略谈一点感想,但不敢轻信一己记忆,遂托朋友找来一份《世界文学》复刊以来的完整目录。其实很多迄今我仍然热爱的作家,都是在这里结识的。首先要提到卡夫卡,他的《变形记》载一九七九年第一期。虽然此前十几年内部发行过一种《〈审判〉及其他小说》,《变形记》亦收入其中,但我无缘得见。我曾说,如果我们不按生卒年月或者从事文学活动的先后,而是按照对于世界的看法的光明与黑暗或者希望与绝望,将古今中外的作家重新排个顺序,卡夫卡差不多应该居于最末一位,他已把社会与人的本质揭示到底,比他来得晚的作家反倒陆续插在他的前面。我通过《世界文学》结识的作家还有品特(《生日晚会》,一九七八年第二期)、毛姆(《短篇小说四篇》,一九七九年第一期)、辛格(《短篇小说三篇》,一九七九年第二期)、川端康成(《我在美丽的日本》,一九七九年第三期)、契弗(《巨型收音机》、《绿荫山强盗》、《啊,青春和美!》,一九八〇年第一期)、格林(《永久占有》、《梦游他乡》,一九八〇年第二期)、格拉斯(《左撇子》,一九八〇年第三期)、冯尼格(《无法管教的孩子》、《哈里逊·贝杰龙》、《艾皮凯克》,一九八〇年第三期),等等。萨特的《死无葬身之地》(一九八〇年第四期)也是在这里看到的,虽然之前在别处读过他的《肮脏的手》。《世界文学》最早还以选译的方式介绍了贝娄的《赛姆勒先生的行星》（一九七九年第四期）、阿斯图里亚斯的《总统先生》（一九七九年第六期）、埃利蒂斯的《俊杰》（一九八〇年第一期）等，看到全译本都是在那以后的事。此外要特别提到，卡彭铁尔的《人间王国》（一九八五年第四期）雄浑大气，一点不输加西亚·马尔克斯著《百年孤独》和富恩特斯著《阿尔特米奥·克罗斯之死》。《人间王国》作者自序中"神奇的现实"的说法，还启发我写了一本关于义和团运动的小书。顺便说一下，《人间王国》中译本仅在《世界文学》一见，迄未单行或收入作者的集子。

  《世界文学》有些栏目，如"现代作家小传"、"世界文艺动态"等，多年后再看可能已经没有太大意思，但当初却是难得的信息，我对世界文学的点滴了解往往来源于此，记得每期到手，总是先看这些，还如获至宝地摘录到小本子上。这恐怕是互联网时代，有"Google"、"百度"随意可查的人所难以理解的罢。《世界文学》"外国文学资料"一栏连载的康诺利著《现代主义运动——1880至1950年英、法、美现代主义代表作一百种》（一九八三年第四、五、六期）和伯吉斯著《现代小说：九十九本佳作》(一九八五年第二、三、四、五期),如今看来仍然取舍精当,卓见叠出,在书目类作品中堪称翘楚。我们这种门外汉,得以略窥当代外国文学潮流,这两本书功不可没,应该感谢从事译介的那些专家。可惜的是,这种启蒙工作如今没人愿意做了。……我拉拉杂杂讲了许多,殊无章法,无非是"饮水思源"这个意思而已。

二〇一三年八月四日

什么是书话

其章兄：

　　大札接读，承蒙出了"书话"的题目，只怕我也讲不出多少道理。关于书话，我只有阅读经验，全无写作体会，虽然你提到几篇拙作，但像唐弢那种以书为题、一书一文的正宗书话，我迄今一篇也没有写过。说来原因很简单：我素不事藏书，家里没有老版本，平常读的都是坊间易得的新书，写不成书话。书话写作是有门槛的，对此我颇有自知之明。

　　日前往访赵国忠兄，他拿出好多稀有的民国文学书籍，在我乃是见所未见，尤其是东北沦陷时期出版的，如小松著短篇小说集《蝙蝠》（抚顺月刊满洲社，一九三八年六月），百灵著诗文集《火光》（抚顺月刊满洲社，一九三八年十月），疑迟著短篇小说集《花月集》（抚顺月刊满洲社，一九三八年五月）、《风雪集》（新京益智书店，一九四一年七月），爵青著短篇小说集《欧阳家的人们》（新京艺文书房株式会社，一九四一年十二月）、《归乡》（新京艺文书房株式会社，一九四三年十一月），陈因编《满洲作家论集》（大连实业印书馆，一九四三年），外文著诗集《长吟集》（新京兴亚杂志社，一九四四年四月），也丽著短篇小说集《花塚》（新京大地图书公司，一九四四年七月），成弦著诗集《焚桐集》（新京大地图书公司，一九四四年十一月），等等。当下我对他说，这些倒真值得写一本书话了。我指的正是唐弢《晦庵书话》那路文章。

所以不如再来看看唐弢当初是如何写法；尤其重要的是，他是如何说法。一九六二年六月，唐弢所著《书话》出版，序中有云："中国古代有以评论为主的诗话、词话、曲话，也有以文献为主，专谈藏家与版本的如《书林清话》。《书话》综合了上面这些特点，本来可以海阔天空，无所不谈。不过我目前还是着眼在'书'的本身上，偏重知识,因此材料的记录多于内容的评论,掌故的追忆多于作品的介绍。……我曾竭力想把每段《书话》写成一篇独立的散文:有时是随笔,有时是札记,有时又带着一点絮语式的抒情。"

一九八〇年九月,该书增订为《晦庵书话》出版,新作序中则云:"我写《书话》,继承了中国传统藏书家题跋一类的文体,我是从这个基础上开始动笔的。我的书话比较接近于加在古书后边的题跋。"又说:"我个人认为:文章长短,不拘一格,应视内容而定;但题跋式的散文的特点,却大可提倡,因此,正如我在《书话》旧序里说的,我也曾努力尝试,希望将每一段书话写成一篇独立的散文。书话的散文因素需要包括一点事实,一点掌故,一点观点,一点抒情的气息;它给人以知识,也给人以艺术的享受。这样,我以为书话虽然含有资料的作用,光有资料却不等于书话。"

两相对比,有几点值得留意。第一,《书话》序中将自己此类文章上溯于中国古代的诗话、词话、曲话,未免有点夹缠,说来除了套用那里"话"这名字,此外就无甚关系。另外也不见得真的宗了叶德辉著《书林清话》,至少没有那么专业，那么系统。及至《晦庵书话》序中改说成题跋，才厘清了书话之为一种文体的源头。诗话、词话、曲话其实就是笔记，不过专主评论诗、词、曲而已，而《书林清话》也在笔记之列；题跋原是写在书籍、碑帖、字画前后的，即便单独抽出，亦非笔记一体，虽然在内容上题跋可能与诗话、词话、曲话有某种相合之处。

第二，《书话》序讲书话"着眼在'书'的本身上，偏重知识，因此材料的记录多于内容的评论，掌故的追忆多于作品的介绍"，最是重要。《现代汉语词典》无"书话"条目，只有"书评"，释曰"评论或介绍书刊的文章"。这里"评论"即唐弢所说"内容的评论"；"介绍"则可分为两类，一是关于书里的，内容方面的，即唐弢所说"作品的介绍"；一是关于书外的，非内容方面的，即唐弢所说"着眼在'书'的本身上，偏重知识"，具体就是"材料的记录"、"掌故的追忆"，包括一本书的版本，装帧，不为或少为人知的作者情况和写作经过，以及自己相关的收藏经历，等等。要而言之，书话不同于书评文章，而是一种特殊的书介文章。

第三，后人谈及"书话"，喜欢引用《晦庵书话》序之

"一点事实，一点掌故，一点观点，一点抒情的气息"，却往往忽略了作者讲的乃是"书话的散文因素"。其实他只是说不应仅仅罗列材料，而该把文章写得更易读些，也更耐读些。这里"一点事实"与"一点掌故"即是前述"材料的记录"、"掌故的追忆"；"一点观点"是说书话虽不侧重评论，但无论言及书里书外，最好有些一己之见；"一点抒情的气息"则涉及个人风格，未必能够推广及于别位作者。我觉得还是当初《书话》序讲得更周全："我曾竭力想把每段《书话》写成一篇独立的散文：有时是随笔，有时是札记，有时又带着一点絮语式的抒情。"

关于书话，我所能说的仅此而已。纸上谈兵罢了。至于自家这些年写的到底是哪路文章，不揣辞费，再说一遍：既非书评，亦非书介，只是因读一本书而生的想法，或涉事实，或涉思想，或涉生活，勉强加个名目，就叫"读书随笔"。

祝好！

止庵拜

二〇一四年七月七日

我怎样写《惜别》

答《中华读书报》问

问：认识你有十几年了，在很多活动上见到你，印象中你大多是为别人的新书发表看法、作出评价，几乎没有见过你谈论自己写的书。这次从上海书展的活动到北京与史航、张悦然的对谈，固然是《惜别》问世后对出版方安排的某种配合，是否也有为这本特别的书破例的打算？

答：参加自己写的书的活动，感觉总归不很自在，大多是就某些具体问题做一些解释，要不就是把书里写过的内容重述一下，我不对自己的书做任何评价，"自卖自夸"那一类的话我是绝对说不出口的。在北京和史航、张悦然做活动的第二天，我在同一地点参加井上靖著《我的母亲手记》的读书沙龙，我觉得自己说话畅快多了。

问：你认为，和那些能够有作品传世的创作者相比，普通人的生命"只有一次"。你母亲是个普通人，或者说你只在书中写出她普通人的一面，那么《惜别》的写作和出版，被更多的人读到，是母亲的生命在某种意义上的"回放"（延续？）吗？

答：在某种意义上讲是这样的，但也只是对我而言；对于已经故去的母亲来说并无意义，因为她活着的时候并不知道我将来要写这么一本书。

问：上海书展对谈活动的题目叫"来不及珍重"，有种强烈的无力感和宿命意味。生死固然不是人力可以抗拒的，连"珍重"这样的情感表达或者情绪方式都是充满无奈的，写这本书是否包含一些挽留或者抗拒的意味？

答：我写《惜别》的确是在某个层面上对于亲人亡故的一种抗拒，尽管也是徒劳的。倒是另有一种感觉非常真切：前几天我偶然重读这本书（我不大读自己已经出版的东西），觉得那些字句确认了母亲的死亡。

问：大多数作家都喜欢发现生活中不平凡的事情，喜欢书写传奇,坊间很多回忆录和传记也更侧重记下生命里大起大落、富有戏剧性的事件,而你在《惜别》中专门撷取母亲生活中细水长流的日常片段,这是你对生命本身的一种理解,还是你觉得这些日常片段才更接近一个人的真实生活?

答:我读过的小说几乎写的都是传奇,唯一的例外(也许是我孤陋寡闻)是福楼拜的《一颗纯朴的心》。这篇小说最大限度地排除了传奇性,我觉得是最接近人生或生活本质的作品。我是三十五年前读的它,至今记忆犹新。当然,普通生活比传奇难写得多,写出来别说读者可能觉得没有意思,就连作者自己都可能觉得没有意思。所以这里面确实有另外一种理解,不仅是文学的,也是人生的,生活的。我写《惜别》如果说有一点写作上的"野心"的话,那就是向《一颗纯朴的心》致敬。换句话说,要是问我受了哪部作品的影响,它就是《一颗纯朴的心》。

问:你写作此书的初衷是源于母亲写给姐姐的信里面的一句话,说一个老人怎么让自己的生活好一点,我觉得你母亲喜欢写信和记日记的习惯在很大程度上成就了你的这本书。做一个无意义的假设，如果没有姐姐寄回的那些母亲生前所写书信，你还会写这本书吗？那会是怎样的写法？

答：母亲去世后过了很长一段时间，我才起意要写这么一本书，那时已经看了母亲的书信和日记，可以说，没有她的书信和日记，我的《惜别》可能就不写了。正是她在那里表达的对于普通生活本来意义上的热爱，使我体会到了前面所说的描写普通生活的可能性。

问：虽然这本书是写你母亲的，但无论对于所写内容的取舍还是文字中流露出来的简洁和克制都能体会到你自己对生命的理解和对文字表达风格的坚持，所以，这本书像一面镜子一样，读者在通过文字看到一位老人的生活时，也能隐隐感觉到文字背后作者的某些轮廓。你意识到这种感觉了吗？

答：这本书主要写的还是我自己的生死观。二十年前我父亲去世，促使我思考生死之事，当时写过《生死问题》、《死者》等几篇文章，收在《如面谈》里，这件事到写《惜别》算是想得周全了。虽然就像我在书中所说："生死之事，只有经历了生死之隔，才能明白。然而对我来说，与自己真正相关的死——父亲的死，母亲的死——都已经发生过了，明白又有什么用呢。"

问：读这本书，我一方面的感觉是温暖，另一方面就是克制。温暖的部分来自你母亲的那些日记书信，还有你对与她共同生活片段的回忆。克制则是你写作这些内容时的语言风格，你也不止一次在不同场合说起过，不太愿意接受文学作品在表达感情时的铺陈和恣肆，强调七分感情写出三分就行了，在你写作《惜别》时，这种态度是否表现或者感觉得最为强烈？

答：克制本身是表达情感的一种方式。克制丝毫也不减损情感，反而能够最大程度地保全情感。相反，夸张倒可能使情感受到破坏。之所以克制，是因为珍重这份情感。这是我的审美观，也是我的人生观。这体会得自多年读书，遇到夸张渲染过分的总觉得难以卒读；现在我自己当然不能写那样的东西。不同于我过去写的《周作人传》等书，它们均以理性为主，而《惜别》的感性成分较多，所以就更要写得克制一些。

问：我在网上或者现实中看到听到朋友们对这本书的评价，也包括出版文案中的表达，认为这本书的写作对你来说是一种解脱或者转身。可我在上海书展听你讲述，却说这本书对于与此相关的两个人，没有什么帮助和改变。请问对写作目的的这种淡化是不是某种意义上的回避？

答：我母亲已经去世，不存在了，我写书或不写书与她毫不相干。我原以为把对母亲去世的悲痛心情写下来，可以为我自己解决一点问题，但是，在写完这本书的最后一个字时，我明白了：我心依旧，什么也没有改变。

问：一本书，作者写完了，使命也就完结了，接下来是这本书自己的命运，包括被不同的读者评价和解读，其中也包含误读的可能。在《惜别》的版权页上标注的体裁是"散文集"，也有读者将它当做回忆录读，你上次说作家虹影认为这是一本哲学书，在你看来，这是一本什么书？

答：《惜别》有三个层面，第一个层面是情感意义上的，我在这个层面记述的是在我看来母亲一生中最有价值的部分；第二个层面是感悟意义上的，我所感悟的是母亲的死，以及其他人的死，这一部分有点接近于"诗"；第三个层面是思考意义上的，我想通过这本书弄清楚生死到底是怎么一回事，梳理一下中国人从古到今固有的生死观，或者说，我的思考根植于中国人固有的生死观。所以这不是一本关于个人的回忆录，若是当作回忆录看，大概会觉得书中那些思考的成分有点多余，甚至构成阅读障碍，但在我却是非写不可的。

问：第一部分"存在与不存在"在回忆了母亲临终前后的一些细节后，用相当大的篇幅引述了古今中外许多典籍作品中谈及生死的内容，同时加上你的解读并与母亲联系起来，恕我直言，这一部分和第二部分"曾经存在"相比，可读性上略有差别。前几天见你，大概谈到这种阅读感觉，你说这么安排自有缘由，请问这一部分的用意何在？

答：关于《惜别》将是一个什么结构，我反复考虑了很长时间。你看看书的目录就知道我最后决定要写一本什么书了。这个结构包含了我关于生死问题的全部思考，母亲的生与死要放置在这个结构之内。不先确认"存在与不存在"的区别，讲"曾经存在"就没有意义，读者根本不会看出那些纯粹个人化的普通生活的描写是什么意思。这就好比把闸门关上，才能把水留住，流水撞在闸门上才会起点波澜，第二部分写的就是那点波澜。

问：第二部分"曾经存在"因为有大量篇幅是来自你母亲生前的书信和日记而非常生动细腻，但也特别感人，你和母亲，除了单纯的亲情关联，生活在一起的默契，还有那么多审美、阅读乃至饮食和观影方面的相通和共鸣，这在很多人看来近乎"奢侈"，那么，让你在母亲去世之后感触至深的是否正是这种曾经存在的默契？

答：我和母亲之间的确存在着你所说的这种默契，但这也是在她去世之后，当我回想她曾经有过的生活时真正感觉到的。在她生前我并不特别在意这种默契，更不曾主动予以强化。在写《惜别》的时候，更重要的是，我是隔着生死的界线去看曾经存在的生者。《庄子》中提到"苦死者"，人死了其实就不存在了，为什么还拿他当个

"者"来"苦"呢。这是因为他刚离去，我们还能体会这个刚刚离去的人的情感。

问：还有一个部分，作为读者我是有点好奇的，就是"记梦"那一部分。你从何时开始有记下梦境的习惯？三年多过去了，母亲在你的梦里还会频繁出现吗？

答：我以前写很简单的日记，就像鲁迅日记那种写法。母亲去世后，我的感想很多，就都记了下来，夜里梦见母亲，也简要地写一下，而忘掉的梦更多。《惜别》出版后，这样的梦境继续出现，与书里写的那些大同小异。

问：这本书的封面上写着"止庵著"，但你会把这本书完全看作自己独立的作品吗？当然，我指的不是书的内容，而是书的精神内涵。

答：《惜别》有两个内容：一是我母亲生前最后二十多年的普通生活，那是一种内容丰富、趣味盎然的生活，既平凡又精致：做菜、养花、编织、看书、看电影，等等。我母亲这种富有魅力的普通生活因为她的死亡而中断，不复存在。我觉得不记录下来就真的烟消云散了。人们往往在死亡的观照下，才能更深切体会到生活的意味。从这一点出发，我对生死有很多感悟、思考，这是第二个内容。从前一个内容来说，这部分的作者应该是我母亲，但她那种普通生活的意义要由现在的我体会出来，要放在我对生死的感悟和思考的框架里才能显示出来。

问：曾在几个朋友的对话上说起过对"惜别"书名的理解，有的人认为这个书名有出处，而我对它的理解是，不仅要珍惜与亲人共度的生活时光，就连告别这件事本身也同样值得珍惜。生死之事非人力所能抗拒，但告别的方式或者说面对告别的心态，自己总归可以把握。

答：《惜别》卷首有两句题词：一是南齐人王融的"徘徊将所爱，惜别在河梁"，一是唐人杜甫的"存者且偷生，死者长已矣"，此即我的书名的出处：我所说的"别"特指生死之别，而"惜"是惋惜。前几天有位朋友说，遗憾这书封面没有用鲁迅保存下来的藤野先生写给他的"惜别"二字。我说他们那是生别，我不是这个意思，所以不能借用。其间区别，即如杜甫《梦李白》所云"死别已吞声，生别常恻恻"——"吞声"就是干脆不说话，不出声，但我们做不到，还是要说一点，这也就是你讲的"就连告别这件事情本身也值得珍惜"。

问：你常年浸淫在书籍里，过眼的好文字无数，而你自己也是个对文字要求严格到近乎苛刻的人。在这样的前提下，你对自己的写作有没有敬畏之心，你追求什么样的表达方式和文字风格？

答：从前我写过，自己理想的文章是"好话好说，合情合理，非正统，不规矩"，对此虽力不能至，然心向往之。我写《周作人传》等如此追求，写《惜别》也如此追求——虽然说"追求"有点言重了，说到底用的多是减法，而不是加法。

问：你曾写道，父亲去世十八年后，你觉得他的去世已经是遥远的事情，遥远到你已经接受了这个事实，而母亲的离开并未让你将之等同于广义的"死"，你还在她的世界里徘徊。总有一天，时间足够长以后，母亲的死也将令你感觉遥远，这是否意味着再次"离别"？

答：我在书中写道："我们面对死者，有如坐在海滩上守望退潮，没有必要急急转身而去。假如有'造物'的话，那么他的总的态度是要生者遗忘。大家劝我别陷在母亲死亡的阴影里，真要离开那阴影还不容易，时间自然会使我走出这一步。我只是希望慢点离开而已。"也就是你说的这个意思。时间过得很快，而《惜别》只不过是趁着把这一切看成既成事实之前抢救下来的一点记忆而已。

二〇一四年九月十五日

藏周著日译本记

我买书都是为了阅读，至少要有阅读的可能性；我觉得一本书得到阅读之后它的价值才体现出来。所以我一向不买那种不读也值得收藏的书，而且没写过这方面的文章。此番例外，倒不是说这些书值什么钱，只因为迄今我还没能力读，只能摆在书柜里，勉强算是"收藏"了。

却说我认识几位藏书家，都对周作人——每称之为"老周"——的书有所偏好，竭力搜求，各自也有拿得出手的藏品。不过好像还得明确一下，到底什么算是"老周的书"呢。依我之见似应包括：一，他的著译作品，二，别人编辑的他的作品的选本，三，他的作品的外文译本，以上均以周氏生前为限，且盗版翻印者不在其列，四，周氏生前编定未及出版，在其身后印行的著作。至于后来他人重印、选编或汇辑的书，以及晚出的外文译本，恐怕没有收藏价值。这里第一类数量很多，出版时间跨度也大，据我所知，好像没有谁收齐了的；唯藏家往往以一九四九年为界，厚前薄后，未免画地为牢。其实如《石川啄木诗歌集》人民文学出版社一九六二年一月第一版精装本仅印三百零五册，《古事记》人民文学出版社一九六三年二月第一版精装本仅印二百册，稀见或尤甚于前期作品。第二类尚待厘清，除署章锡琛编《周作人散文钞》（开明书店，一九三二年八月）知道实出作者自己之手外——据周氏一九三二年五月十二日日记："下午编文钞录目，寄给章锡琛君"，其他如少侯编《周作人文选》（上海仿古书店，一九三六年四月）、徐沉泗、叶忘忧编《周作人选集》（上海万象书局，一九三六年四月）、徐逸如选辑《周作人近作精选》（文林书局，一九三六年）、张均编《周作人代表作选》（上海全球书店，一九三七年三月）等，都不清楚得到作者授权与否。第四类除个别之外，尚多见于市面。唯第三类找全虽须费些工夫，但并非不可能之事，盖周氏作品生前只有日译，共计八种。

我二〇〇九年生此念头，到去年将这八种都买齐了。先请友人小川利康帮忙，二〇〇九年八月六日日记云："小川自日本来，为我代买『北京の菓子』、『周作人随筆集』、『周作人文藝随筆抄』和『瓜豆集』。"当时没记书账，印象里都不算贵。其中『瓜豆集』护封稍有破损，前年一月我在镰仓公文堂书店又买了一册，价二千日元。另两本托友人猿渡静子邮购：『結縁豆』二千一百日元，邮费二百一十日元；『魯迅の故家』四千二百日元，邮费四百二十日元。『苦茶随笔』我在东京神保町买到两册，一得于通志堂，价三千一百七十日元，一得于古书かんたんむ，价三千三百日元。只有『中國新文學之源流』略费波折。我见神保町一家书店的书目中有此书，索价一万四千七百日元，找到地址发现系事务所，无店面。及至打算托人邮购，却已经售出了。去年十一月去东京住在本乡的旅馆，出外散步，路过琳琅阁书店，一看店内架上就有这本，价二千一百日元。

话说至此，"藏周著日译本记"其实已经讲完。兹摘录有关各书的笔记，勉强算作题跋也行，虽然并没有写在书上。

『北京の菓子』 平装。长十三点三厘米，宽九点四厘米。书顶未裁，翻口及书根切齐。封面印"北京の菓子　周作人　松枝茂夫譯　山本文庫（33）"。书脊印"北京の菓子　周作人　33"。无前后衬页。全书共六十四页，扉页背面即目录，末页为版权页，上印"昭和十一年七月廿八日印刷　昭和十一年八月二日刊行　定價拾錢　发行所山本書店"等。书中夹着一张付款凭条，上印"山本文庫（33）　周作人　松枝茂夫譯　北京の菓子　拾錢　扱店"。

此书收周作人一九二一至一九二六年间作品九篇。其中八篇附注释，少则一条，多至十五条。周作人一九三六年三月十五日首次致信松枝茂夫即云："拙文中常有南方方言，虑须多费注解，如《乌篷船》中之猫儿戏系女优演剧之俗名，虽然平时女优并无'猫'之称，鄙意或因其歌唱时之高音有似猫叫乎。拙文中有排印错误或诘曲费解处，如承下问，即当奉答。"周氏作品各日译本均有注释，为其生前身后出版的中文原著所不及也。

松枝茂夫一九三六年八月二日致信周作人："前信提到的『北京の菓子』已经出版，另函先寄上十册。"周作人同年九月二日作《自己的文章》云："近日承一位日本友人寄给我一册小书，题曰'北京的茶食'，内凡有《上下身》，《死之默想》，《沉默》，《碰伤》等九篇小文，都是民十五左右所写的，译成流丽的日本文，固然很可欣幸，我重读一遍却又十分惭愧，那时所写真是太幼稚地兴奋了。"

『周作人隨筆集』 圆脊纸面精装。有书盒。长十九点五厘米，宽十四点二厘米。书盒盒脊印"周作人隨筆集　松枝茂夫譯　改造社"。书脊印手写体"周作人隨筆集"。扉页后有"著者小影"一页，衬隔页纸。目次九页，末尾印"裝幀田中乾郎"。献词一页，印"このつなき譯書を　松井秀吉の靈前に獻ぐ——松枝茂夫"。正文四百一十八页。版权页印"昭和十三年六月十七日印刷　昭和十三年六月二十日發行　定價貳圓參拾錢"等，贴盖"松枝"章的版权票。版权页背面印该社书目。

此书收周作人一九二一至一九三六年间作品六十四篇，包括『北京の菓子』全部；附「周作人自述」、「周作人著譯書目」、「周作人隨筆集譯註」和「譯者あとがき」。周作人生前身后出版各书，实以此种、『日本之再認識』和新民印书馆一九四二年三月所印《药味集》装帧最为精美。

周作人一九三八年七月十一日致信松枝茂夫："『随筆集』十册已承改造社寄下,因了大手笔的译文,田中君之装帧,甚增光彩,唯原本文意均乏,思之愧汗耳。鄙人读书作文甚受日本二先辈之影响,即内田鲁庵、户川秋骨是也,今户川先生处既已寄赠,甚为快慰,永井佐藤二君处本来亦欲呈教者也。此外未曾领教之各先生拟且不唐突,唯武者小路、志贺二君处想各送一册,乞一询改造社,如社中对于二君未有赠呈,则祈能请其一送,不胜幸甚。田中乾郎君来北平已得一见,快谈逾晷,甚有其尊父之风,大有风趣,知其将居留二年,谈天之机会甚多,亦一快也。"

周作人一九六二年三月二十三日致信鲍耀明："前信说及日译拙文,只有松枝之『随筆集』一册,已经寄上。"

『中國新文學之源流』 平装。长二十二点二厘米,宽十五点二厘米。封面印"中國新文學之源流 周作人講述 支那學飜譯叢書 IIII 東京文求堂印行"。书脊印"中國新文學之源流　周作人講述　支那學飜譯叢書Ⅲ"。有前后衬页。扉页之后，小引四页，目录一页，正文一百二十二页。版权页印"昭和十四年二月十一日印刷　昭和十四年二月十五日發行　金八拾錢　送料金九錢"等。版权页背面印"支那學飜譯叢書"书目。

对比原著，译本删去"附录二　沈启无选近代散文钞目录"，增「譯者あとがき」。又书中凡成段引文皆附原文，据译者介绍，曾经尤炳圻订正。

周作人一九三八年十二月二十三日致信松枝茂夫："『新文學之源流』本系临时信口所说，殊无足取，乃蒙译出付印，甚为惶恐，其中关于桐城派及八股文两部分尚缺细考，故所言极肤浅，如欲著论须再用两年调查工夫，此节曾与笔记者邓君说过，若作为邓君所记则无妨出板，此次尊译如题为鄙人所著仍感不安，乞说明此为讲演记录为荷，唯如此浅说而呈献于贵国学界之前总是极惶恐事也。"

周氏一九三九年六月五日致信松枝茂夫："尊译拙文及随笔抄知已出板，因久未与田中君相遇故未得见，昨日已得读到，尊译极佳，唯内容生疏，愧不相称耳。"所

"读到"者即此书也。

『周作人文藝隨筆抄』 平装。长十七点三厘米，宽十一厘米。封面印"周作人文藝隨筆抄 松枝茂夫譯 冨山房百科文庫"。书脊印"周作人文藝隨筆抄 松枝茂夫譯"。无前后衬页。扉页之后，目次四页，正文三百二十九页。版权页印："昭和十五年六月一日印刷 昭和十五年六月五日發行 定價七十錢 发行者合资会社 冨山房"等，贴盖"松枝"章的版权票。后附"新刊书目"十四页，即"冨山房百科文庫"。

此书收周作人一九二三至一九三六年间作品二十七篇，与『周作人随笔集』无一重复。后附「譯註」和松枝茂夫作「周作人先生」。松枝一九四〇年七月十三日致信周作人："九六页（「顔氏學記」）、一一三页（「希臘神話」）我随意删除了一部分文字，又没说明便适当地连接了上下文，如今想来，这实在是太过失礼的做法，十分抱歉！"经小川利康指出，前一篇删的是："如现时日本之外则不惜与世界为敌，欲吞噬亚东，内则敢于破坏国法，欲用暴烈手段建立法西派政权，岂非悉由于此类右倾思想之作祟欤。内田等人明言即全国化为焦土亦所不惜，"后一篇删的是所引哈里孙《学子生活之回忆》的一段："末了记述一件很有趣的事：'我后来在纽能学院所遇见的最末的一位名人即是日本的皇太子。假如你必须对了一个够做你的孙子的那样年青人行敬礼，那么这至少可以使你得点安慰，你如知道他自己相信是神。正是这个使我觉得很有趣。我看那皇太子非常地有意思。他是很安详，有一种平静安定之气，真是有点近于神圣。日本文是还保存着硬伊字音的少见的言语之一种。所有印度欧罗巴语里都已失掉这个音，除俄罗斯文外，虽然有一个俄国人告诉我，他曾听见一个伦敦买报的叫比卡迭利（Piccadilly）的第三音正是如此。那皇太子的御名承他说给我听有两三次，但是，可惜，我终于把它忘记了。'所谓日本的硬伊字音不知道是怎么一回事，假如这是俄文里好像是ы或亚拉伯数字六十一那样的字，则日本也似乎没有了，因为我们知道日本学俄文的朋友读到这音也十分苦斗哩，——或者这所说乃是朝鲜语之传讹乎。"

周作人一九四〇年七月二十九日致信松枝茂夫："前接奉手书，并惠赠尊译拙作『随笔抄』一册领收，拜谢。拙文本无足取，又想目下唱声虽高，社会上对于现代支那之思想文艺实乃无甚兴味，或购读者不见多有负高译，至于出板者之利损尚在其次耳。闻京都友人言创元所出丛书销售不多，因联想及之，附及以发一笑。"

又一九六三年二月一日致信鲍耀明："『文藝隨筆抄』（日译）惜已遗失了，无以奉寄为歉。"

『瓜豆集』 圆脊纸面精装。有护封。长十九点二厘米，宽十三点六厘米。护封封面和书脊处分别印"周作人 瓜豆集 松枝茂夫譯 創元支那叢書5 創元社刊"和"周作人 瓜豆集 松枝茂夫譯 創元社"。书脊印"瓜豆集 松枝茂夫譯"。扉页之后，「译者のことば」八页，目次四页，正文三百九十六页。版权页印"昭和十五年九月二十日印刷 昭和十五年九月廿五日發行 定價一圓六十錢"等，贴盖"松枝"章的版权票。后附「創元支那叢書刊行の言」及书目十五页。

其中「續刊豫定書目」列有"民國 周作人 風雨談 隨筆 松枝茂夫譯"、"民國 周作人 苦竹雜記 隨筆 松枝茂夫譯"和"民國 周作人選 苦茶庵笑話選 笑話 濱一衛譯"。盖此时松枝茂夫已决心翻译周氏全部作品，周作人一九四〇年二月二十二日致信松枝："承雅意拟全译拙作,闻之且感且愧。鄙人自知能力所限,所写文章缺点甚多,编集时亦未十分斟酌,往往一集之中有若干篇后来读之常自惭愧,欲删削之而不可得,今如悉数译出未免更出丑矣,故愿加以裁酌,幸甚幸甚。"又一九六二年十一月十四日致信鲍耀明:"所询诸事奉答如下:一、《秉烛后谈》无有日译。二,拙作除松枝、一户二人所译外,其他无有出版。三,松枝预告之诸书亦未出,其原因半在战事,一半殆因拙作不受欢迎之故欤。"

『瓜豆集』中,五篇见『周作人随笔集』(列为四题),六篇见『周作人文艺随笔抄』,原著中《谈日本文化书(二)》、《关于童二树》、《关于邵无恙》和《老人的胡闹》四篇未译。

周作人一九四〇年十月一日致信松枝茂夫:"手示诵悉,承赐尊译『瓜豆集』一册亦已领收,谢谢。麓末之文屡蒙介绍于贵邦,且感且愧,今承整册译出,尤深此感。其实此中亦无几篇可读,'尾久''鬼怒川'二文稍稍用心,而国内青年均未能解,时以为憾,意见本极平庸,实亦不过野人献芹之意耳。"

又一九六一年三月二十日致信鲍耀明:"松枝君译

『瓜豆集』另封寄上，乞察收。"

『苦茶隨筆』　平脊纸面精装。有书盒。长十九点七厘米，宽十三点四厘米。盒面、盒脊和书脊均印"周作人　苦茶隨筆　一戶務譯"，封底和盒底均印"名取書店"。扉页后有"著者近影と筆蹟"一页。正文二百七十六页，包括「序」（一戶务）和目次，注明"裝幀龜倉雄策　カット本津惠三"。版权页印"昭和十五年九月十二日印刷　昭和十五年九月十七日發行　定價貳圓参拾錢"等，贴盖"林芝"章的版权票。

书中所印著者手迹系致译者的一封信（原无标点）："拜启。接读
手书，知将翻译拙作小文，闻之至感光荣，亦复不胜惶愧，蒙盛意见示，鄙人别无意见，一切乞裁酌定之。序文恐未能写，因对于拙文唯有惶恐，无甚话可说也。近来久不照相，只找出去年一月所照者一张附奉，虑未必能适用耳。专此奉覆，不尽，此上

　一户先生座右　　　　　　　　　周作人启，四月一日"

按龟仓雄策虽被誉为"日本现代平面设计之父"，此书装帧实不及名不见经传的田中乾郎所设计的『周作人隨

筆集』。收周作人一九二一至一九三六年间作品二十五篇。周作人一九六一年三月二十日致鲍耀明："又附有一户君所译『苦茶随笔』一册，此书经战前日本检查官注意，内有两处加以'削除'（即「窮袴」中第六五至六六页，又「芳町」中一二七至八页），今所寄一册，尚系完璧本也，译者寄赠'削除济'本，则留为纪念，故未能寄上。"我所买者函盒盖有"削除济"章，内文撕去第五九至六〇页，第六五至六六页，第二三七至二三八页。另买一册，函盒所盖"削除济"章大小字体不同，缺页则完全一样。可知周氏所述页码有误。"削除"部分大概相当《窮袴》一文第二段"古诗，爱惜加窮袴"到第三段"取守宫新合阴阳者"，第五段"简单的说是丁字带"到"价目一百二十及一百八十法郎"，《芳町》一文开头到第二段"明治时有酒楼名百尺者"，内容皆与"性"相关，亦可见日本当时图书审查之一斑。

『結緣豆』　飘口式平装。长十八点九厘米，宽十三点一厘米。封面印手写体"结缘豆"，书脊印"周作人随筆集　结缘豆（手写体同封面）　松枝茂夫譯　實業之日本社"。有前后衬页。扉页之后，目录七页，末页背面印十八点八厘米，宽十三点八厘米。护封封面处印"周遐壽 魯迅の故家 松枝茂夫・今村與志雄譯 筑摩書房"，书脊处印"周遐壽 魯迅の故家 松枝茂夫今村與志雄譯 筑摩書房"。封面印"魯迅の故家"，书脊印"周遐壽 魯迅の故家 松枝茂夫今村與志雄譯 筑摩書房"。腰封书脊处印"實弟の描く人間魯迅"，盖不讳言系周作人所著，书末所附译者撰「解說」亦介绍周遐寿即周作人。护封、腰封外有薄塑料纸。

扉页后有照片两页："仙台醫學專門學校時代の魯迅（二十四歲）"和"魯迅の日記筆蹟"；"江南の水鄉紹興縣の城門（战時中に取拂われて今はたい）、船はこの地特有の烏篷船"和"酒甕と酒倉、紹興酒の本場である東浦（紹興城外）の景"，为原著所无。总序二页，目次八页，正文三百三十三页，包括较之原作增加的「解說」，后有「魯迅家譜」两页和一张"紹興縣略圖"和"紹興县城衢路圖"（民国十八年孟春订正，总发行所绍兴墨润坊书苑），其中标明"魯迅の生家"。版权页印"昭和三十年三月五日發行 定价四二〇圓 地方卖价四三〇圓"等。

周作人一九五五年四月十一日致信松枝茂夫："三月十六日手书于六日拜读，赐寄之书籍亦由柳君转寄到了。……承询绍兴城门，因面貌已非，记不清是哪一门，过去在门上有城楼，如东郭门即是，而此无有，故不能断定。又鲁墟确是在昌安门外，（大树港在西郭门外，东浦之东，）至少由城内去鲁墟是要经过昌安门的。下图中'鲁迅の生家'还应偏西一点，距张马桥只数丈，在张马桥的西北一点，图中所记乃是'老台门'也。《故家》根据族叔周官五的指示，关于人地名略有订正增补，写了一篇后记增入，唯新版迟迟未出，目下尚不可得。"一九五七年九月十八日致信松枝："拙著《鲁迅的故家》等近亦改由人民文学出版社出版，《故家》中稍有增订，写在后记中。兹附呈一部祈查收是幸。"

又一九六三年十月二十三日致信鲍耀明："承问日本译本的书，只有『鲁迅の故家』有松枝茂夫、今村与志雄的译本，系筑摩书房出版，想现在还有存本吧。其《小说里的人物》一书则似无翻译。松枝译书请先向筑摩一问，如不能得到则当将鄙存一册寄上也。"一九六三年十一月二十五日致信鲍氏："『鲁迅の故家』另已寄上，此书可以奉赠。"

此外我还有几种日本所印周作人的书或与周氏相关的书，顺便一说。

『周作人随筆抄』 小川利康赠。平装。长十八点六厘米，宽十二点九厘米。封面印"周作人随筆抄"，书脊印"周作人随筆抄 東京文求堂印行"。扉页之后，目录四页，正文一百五十页，「周作人随筆抄略注」（松枝茂夫）八页。版权页印"昭和十四年四月二十日印刷 昭和十四年四月廿五日發行 昭和十六年三月一日再刷 昭和十六年十一月三十日三刷 三刷2501-3500 定價金八拾錢 编者田中慶太郎"等。

此书收周作人中文作品二十六篇，附周氏在『生長する星の群』第一卷九号发表的日文原作「西山小品」，当归在周氏生前别人为他所编选本之列。小川来信云："这本『周作人随筆抄』大概在当时的高等学校（旧制的）或专门学校授课时用的。整个一百多页，开头三十几页有用铅笔写的种种记号、日文笔记，后来就没有了。大概一年或半年授课只讲到此（笑）。"

『日本之再認識』 友人张洋赠。平脊纸面精装。长二十一点八厘米，宽十五点二厘米。封面和书脊贴签，上印"日本之再認識　周作人"。前有"著者最近的照片"一页。扉页印"周作人著　日本之再認識　國際文化振興會"。「序文」（国际文化振兴会理事长永井松三）二页，正文二十二页。无版权页，亦无定价。

此书一九四一年付梓，实是周作人一种中文单行著作。周作人一九六一年六月二十二日致信鲍耀明："别封小论一篇，乃系当时初版印行本，后来已收入杂文集中，偶于故纸堆中找到国际文化振兴会原版一册，便以奉赠，别无什么可取，只是原来样子而已。"

『徐文長物語』　与『中国新文学之源流』一起购于琳琅阁书店，价二千一百日元。圆脊纸面精装。有护封。长十八点七厘米，宽十三点六厘米。护封封面处印"徐文長物語"，书脊处印"徐文長物語　橋川浚編譯　大阪屋號書店"。书脊印"徐文長物語　周作人编　橋川浚譯　大阪屋號書店"。扉页印"橋川浚編譯　徐文長物語　東京　大阪屋號書店"。周作人手迹一页，「徐文長物語の前に」（编译者）九页，目次七页，正文二百一十六页。版权页印"昭和十八年一月廿日印刷　昭和十八年一月廿五日發行二〇〇〇部發行　定價金壹圓五拾錢　著者代表周作人　飜譯者橋川浚"等，贴盖"桥川"章的版权票。后有书目三页。

书中所印周氏手迹系书幅一帧（原无标点）：
"柳桥无复清泠水，梅市空余暗淡山。唯有南街田水月，口碑长在里人间。辛巳腊八日为

羽皋散人题徐文长物语。

知堂（钤'知堂五十五岁后所作'印）"

该诗见《苦茶庵打油诗补遗》，第三句"南街"作"城东"，跋语作"三十一年一月五日作。羽皋散人桥川浚编译徐文长故事八十篇，为勉题一绝句"。

此书收八十则故事，每则译文之后，均附原文。周作人曾于一九二四年七月九日和十日在《晨报副刊》发表《徐文长的故事》（八则），其后多人续写，北新书局更出版林兰编《徐文长故事》（五集）和《徐文长故事外集》（二集），"林兰"系李小峰、蔡漱六夫妇共用笔名。桥川浚即据此编译。说来周作人与该书的关系，也许只是"著者代表"这一层罢。

『周作人先生のこと』　小川利康赠。圆脊纸面精

装。长二十一点五厘米，宽十五点八厘米。封面系武者小路实笃绘萝卜图，题"周作人先生の事　方紀生編"，署"實篤"，钤"實篤"印。书脊为武者小路书"周作人先生のこと　方紀生編"，下印"光風館"。扉页印手写体"周作人先生のこと"。其后有照片五页："日本留學當時の周先生（千九百十年十二月於芝公園寫）"和"先生近影（民國二十九年編者寫）"；"先生と酒罎（民國三十年六月寫）"、"先生の日本間書斎の一隅（民國三十三年一月寫）"和"先生の御家族（民國二十三年寫）"；"先生を圍む日本文壇人の集り（民國三十年四月十七日於東京星ケ岡茶寮寫）"；"書斎前の先生と武者小路氏（民國三十二年四月十八日寫）"和"白石紙を詠むの詩"；"周先生手拓南齊磚硯"。「编者序」四页，献词一页，印"中國新文學・新文化の恩人である周作人先生にこの紀念集を捧げる。先生六十のお誕辰に私の尊敬と感謝とのしるしとして。方紀生"。目次四页，末尾印"裝幀武者小路實篤　扉字有島生馬"。正文二百五十四页。版权页印"昭和十九年九月十四日印刷　昭和十九年九月十八日發行（一〇〇〇部）　定价三圓五十錢　特別

行爲税相當額二十五錢　合計三圓七十五錢"等。有编者介绍："北京中國大學卒業文學士、現華北駐日留學生監督、前東京帝國大學文學部講師、北京大学文學院講師"。贴盖"方纪生印"的版权票。

插图所印周作人诗作，向未收入其集中（原无标点）："夙闻奥羽称风雅，淡泊生涯愿未违。作苦宁同芒在背，居贫恰喜纸为衣。清泉白石都佳胜，水碓云春入翠微。绝慕古人行脚意，十年细道几忘归。

壬午清明节后一日，题白石纸，寄示

纪生兄以发一笑　知堂（钤'知堂五十五岁后所作'印）"

后有跋语两行，字迹难辨，姑从略。

此书收武者小路实笃、谷崎润一郎、堀口大学、林芙美子、佐藤春夫等所写关于周作人的文章十九篇，附周氏作品译文四篇及「周作人先生著作年表」。周作人一九六一年三月二十七日致信鲍耀明："有一本书拟以奉赠，颇近于自己鼓吹，幸勿见笑，唯此版已难得，手头亦只余此一册矣。"即『周作人先生のこと』也。

二〇一三年二月二十六日

[补记]日前又在东京神保町田村书店购得周氏所谓"完璧本"『苦茶随笔』一册,函盒无"削除济"章,内文各页不缺,价二千六百日元。至此周著日译本算是收齐了。附带说一句,我对日本战时图书"削除"制度颇感兴趣,然则迄今所见到的样本仅『苦茶随笔』一种而已。

二〇一三年十一月二十六日

日印中文书

这几年在日本买到几本中国人写的中文书，但却不是中国而是日本出版的。范围仍限于一己有点兴趣的，是以离搜罗齐备此类书籍差得很远，而我之志亦不在此，只当是得着素所留心的作者的几本著作而已。

『正倉院考古記』 托友人猿渡静子女士邮购自古书里艸，价二万日元。圆脊布面精装。有书盒。长二十七点五厘米，宽十九点五厘米。盒脊和书脊均印"正倉院考古記 傅芸子著 文求堂"。扉页题签长尾雨山。「序一」（狩野直喜）、「序二」（松本文三郎，日文）、「序三」（杉荣三郎，日文）、「序四」（周作人）、「自序」和「凡例」共十六页，「正倉院考古記目次」、「插圖目次」和「圖版目次」共七页。正文一百零七页。后有版权页，注明"昭和十六年五月二十五日印刷　昭和十六年六月一日發行　初版0001-1500　定價金五圓"，贴盖"芸子册作"章的版权票。此册扉页、「凡例」和正文首页钤"臥雲山莊文庫藏書"章。

作者一九四〇年八月二十五日所作自序有云："往昔涉览东瀛珠光，颇神往日本正仓院所藏唐代遗物之富，泊来日本，幸得特许瞻览，睹其品物之可认为唐制者，璀璨瑰丽，迄今千百余年，犹焕然发奇光，而日本奈良朝以来，吸取中国文化别为日本特有风调之制品，并觉其优秀绝伦，为之叹赏不置。于是以知正仓院之特殊性，固不仅显示有唐文物之盛；而中日文化交流所形成之优越性又于以窥见焉。因摭所见为正仓院考古记一稿，刊于国闻周报，绍介于世。此稿嗣为前帝室博物馆总长杉荣三郎博士所见，谬蒙奖誉，继又许余入览，今已四次矣，对于院藏诸御物，益见其美，觉前文所记，颇有可资增益者，爰取旧稿，加以理董，又承东京帝室博物馆当局特许选用院藏御物摄影，制为图版，文求堂主人田中氏为余刊行之。"

正仓院向不对外开放，唯于每年秋季在奈良县国立博物馆举办"正仓院展",为期两周。我虽去过几次奈良,惜均未赶上展期,至今对正仓院藏品的了解,仍只限于阅读傅氏这册考古记而已。

『白川集』 二〇〇九年十月购于东京神保町,书店名失记,好像是一诚堂,价八千四百日元。这是我在日本买的第一本书。圆脊纸面精装。有护封。长二十一点五厘米,宽十六厘米。护封封面处印"傅芸子著 白川集 文求堂印行",书脊处印"白川集 傅芸子著 文求堂"。扉页题签狩野直喜。扉页后有吉泽义则书白川古和歌一帧。「はしがき」(青木正儿,日文)、「白川集序」(周作人)、「自序」、「凡例」共七页,「白川集目次」、「插圖目次」共六页。正文二百七十五页。后有版权页,注明"昭和十八年十二月十日印刷 昭和十八年十二月十五日發行 初版壹千貳百部印行 定價金五圓特別行為税相當額二十五錢合計五圓貳拾五錢",贴盖"傅芸子"章的版权票。版权页背面印『正倉院考古記』广告。封底印有"文求堂□"印章。此册「白川集目次」页和正文首页钤"香山"章。

作者一九四三年四月所作自序有云:"近几年来,又数观两京各大文库所藏吾国佚存旧籍，以及各寺院所藏唐代乐舞，对于两国艺文的关系，又续有探讨，写成几篇文章发表于国内外杂志，也不过是介绍的性质，非敢有以自炫。去岁归国之际，谬蒙两京友朋相谋纪念之品，复承文求堂主人田中子祥氏的盛意，为我刊印此集，集中所收诸篇大部分是在京都北白川寄庐写的，遂以白川名集，聊志十年的鸿雪。"凡例则云："此集所收文字计十三篇，外译文一篇，始于民国二十七年，终于今岁。"

集中「沈榜宛署杂记之发见」一篇，谈及《宛署杂记》发现经过云："余前赴东京前田侯邸尊经阁文库观书，偶于书目中发见此书，为之大喜逾恒，清初诸学人，渴想未见之书，不意余于二百年后之今日，获睹于海外，岂非奇缘！"《宛署杂记》后由北京出版社出版，出版说明云："这本书在我国现已找不到了。日本尊经阁文库还藏有这本书。这次就是根据中国科学院图书馆所藏尊经阁文库原书的摄影胶卷排印的。"两相对照，我想说的只是"傅芸子功不可没"这句话而已。

友人赵国忠曾将傅芸子上世纪二十至四十年代关于旧京风俗掌故的小品裒为一册出版，题曰"人海闲话"。据赵君介绍，傅氏曾在所主编的《新生报》"故都文物"和《华北日报》"俗文学"两个副刊上发表大量关于俗文学的研究文章。我想起周作人为『白川集』所写序中说："我愿傅君或继此而更有北海集之作，以北京为中心，为乡土研究之探讨，此于傅君亦是极适切之胜业，且与以前工作相合正如鸟之两翼。"或许赵君所见即是待编理之"北海集"的内容亦未可知，有机会也能收集出版就好了。

『天上人间』 托猿渡静子女士邮购自鹤本书店支店，价三千六百七十五日元。飘口式平装，有护封。长十八点七厘米，宽十三点厘米。护封封面印"天上人间 中河與一作 方紀生譯 株式會社錦城出版社版"，书脊印"天上人间（原名天の夕顏） 中河與一作 方紀生譯 株式會社錦城出版社"。有前后衬页。前衬页后有镝木清方作彩色扉绘一帧。「作者序」、「译者序」和「天上人间（原名天の夕顏）目次」共十页，正文一百一十八页，包括「译注」三页，另有河野通势作黑白插图三幅，不计页码。版权页印"昭和十八年五月二十日初版印刷 昭和十八年五月廿五日初版發行（三、〇〇〇部） 定價一圆五十钱"等。此册末页钤"松野"章。

『天の夕顔』是中河与一享誉世界的作品，加缪曾表示"被那种坚毅谨慎的特质所打动"，永井荷风推许为"可与歌德《少年维特之烦恼》、缪塞《一个世纪儿的忏悔》相匹敌的名作"。译者序介绍翻译经过云："东京的旅居生活，白天虽忙，夜间不免寂寥，读正经书，有时不大起劲，有一夜在寂寥的时候，偶然想起找一本小说来译，欲藉此以打破沉闷的空气，但终于没有适当的书。去秋到京都作短期旅行，归途应堀口大学先生之约，至兴津小住一宿，偶然谈起此事，诗人即以此书为荐，并为立刻写信与作者中河氏，代为征求同意。回到东京后数日，堀口氏已与作者为代相约了相见时间，于是我在一个阴天的下午，乘了小田原电车到祖师谷去访问作者，谈了约一个半钟头，承作者的允诺，答应我迻译这本书。"

对于所说"白天虽忙"，可以略作解释：方氏所编『周作人先生のこと』（光風館，一九四四年九月）一书版权页有编者介绍云："北京中国大学卒业文学士，现华北驻日留学生监督，前东京帝国大学文学部讲师，北京大学文学院讲师"，而据伊藤虎丸作「〈骆驼〉及び〈骆驼草〉覆印缘起」，方氏从一九四〇年八月至一九四五年八月一直担任此留学生监督之职，其间于一九四一年至一九四三年应仓石武四郎之招任东京大学文学部讲师。

方氏著作我另有《儿童文学试论》（河北人民出版社，一九五七年九月）和《民俗学概论》（北京师范大学史学研究所资料室，一九八〇年）两种。

『駱駝草附駱駝』 二〇一二年十一月购自神保町东城书店，价六千三百日元。圆脊牛津纸面精装。有书盒。长二十七厘米，宽十九点六厘米。书盒封面和盒脊、书脊均印"伊藤虎丸编　駱駝草附駱駝　アジア出版"。其中影印「駱駝草」部分循日本洋装书惯例左开，前有目次二页，「〈駱駝〉及び〈駱駝草〉覆印缘起」（伊藤虎丸，日文）、「駱駝草附駱駝合订本序」（方纪生）十九页；影印「駱駝」部分右开，前有「解题〈駱駝草〉をめぐって」（代田志明，日文）十九页。版权页印"1982年1月発行　定価7500円"。

方纪生序写于一九八一年三月十九日，其中有云："我来日本探亲治病，很少外出交游，但因过去周先生关系，先后认识十几位有才学有专长的著名教授和专家。他们既诲人不倦,又不耻下问,又关心中日文化交流之前进,令人有相见恨晚之叹。东京女子大学伊藤虎丸教授就是其中之一位。有一天,他问我是否保存周先生一九三〇年在北京主持出版的'骆驼草'周刊。他正问着了!我高兴回答道,'我恰巧保存一册合订本'。于是写信叫小女因公来日之便携来以赠之。一月后,先生云将复印以供日本同好者与学生阅读和学习之用,也是中日文化交流史上一个小小的纪念。"此本字迹清晰,远胜上海书店一九八五年影印之《骆驼草》。唯方氏所藏只有二十五期,最后一期底本系编者另行找到,拍摄效果欠佳,有点漫灭不清。

『日本詩歌選』 赵国忠赠。"书皮式"平装。长十八点三厘米,宽十三点一厘米。封面印手写体"日本詩歌選",书脊印"日本詩歌選 錢稻孫譯 北京近代科學圖書舘編",有前后衬页。扉页题签"日本詩歌選 錢稻孫譯",或与封面同系钱氏自书。目次一页,正文一百三十页,原诗与译文对照,附北京近代科学图书馆编辑部编「作者小考」。后缀二「跋」,分别为周作人(四页)、山室三良(二页,日文)所作。版权页印"昭和十六年四月廿五日印刷 昭和十六年四月三十日發行 定價一圓二十錢 發行者田中慶太郎 發賣所文求堂書店"等。封底印有"文求堂□"印章。

北京近代科学图书馆成立于一九三六年九月，同年十二月正式开馆，山室三良任代理馆长。他一九四一年一月二十四日为『日本詩歌選』所作跋有云："昭和十二年六月前后，拜托钱先生翻译的万叶和歌已经积攒了相当的数量，于是在此收集成一卷。起初由我挑选和歌强行拜托先生翻译，到了此时就由先生选出自己喜欢的来翻译。"对照周作人一九四一年一月十一日所作跋的话，"（钱氏）近年出其余绪，译述日本诗歌，少少发表于杂志上，今将裒集付刊，以目录见示，则自万叶集选取长短歌四十四首外，尚有古今和歌俳句民谣，共百五十篇"，大致可知此书翻译出版经过。

『漢譯萬葉集選』 二〇一二年六月购自神保町东京古书会馆，价四千五百日元。圆脊布面精装。有书盒。长二十二厘米，宽十六点一厘米。书盒封面印"錢稻孫譯 漢譯萬葉集選 日本學術振興會刊"，盒脊、书脊均印"漢譯萬葉集選 學振刊"。三处"漢譯萬葉集選"均系手写体，或亦是译者所书。扉页之后，目次两页，正文一百九十八页，含「日本古典萬葉集選譯序」（钱稻孙）、「漢譯萬葉集選緣起」（佐佐木信纲，日文）、「後語」（新村出，日文）、「跋」（吉川幸次郎，日文）。版权页印"昭和三十四年三月二十五日印刷 昭和三十四年三月三十日發行 定價五〇〇圓"等。

关于此书翻译出版经过，译者一九五六年所作序介绍说："窃惟日本我近邻，我之通其文者且济济。而浏览罕及其古典，将知彼之谓何？爰不自揣，妄试韵译。以拟古之句调，见原文之时代与风格，然而初未能切合也。乃有客见而许之，传闻于彼邦。于是其万叶集学泰斗佐佐木竹柏园先生名信纲，为选集中英华二百八十许篇，勖予成之。遂逐译所选各歌，录其原汉文之题与跋而略加疏说。别以己意增选二十余章，合为三百余篇。稿成，寄俟其国汉学大师市村瓒次郎先生为之核正，十余年不复闻问。比得竹柏翁书，则昔邮竟未达，而市村先生已作古矣！因复检我旧箧，居然残存当年草底若干束。重加理董修补，再寄海外。承彼邦汉诗巨伯铃木豹轩先生权诸原文，定所未定。豹轩名虎雄，夙知名于我文学界。至是而业成于既废，实海东三老有以终始之，不可不志也。"

另有周作人的两种：『周作人隨筆抄』（文求堂，一九三五年四月）和『日本之再認識』（國際文化振興會，一九四一年），我已经在《藏周著日译本记》一文附带谈及，这里不再重复。

二〇一四年三月二十四日

日本旅行琐谈

今年一月下旬，我又去了一趟日本。二月中旬才回来。大前年，前年和今年，我都去旅行了，没在国内过年。去年则是大年初二出的门。春节假期，不用来旅行实在可惜。

二月八日，我在四国的琴平。早晨起来，向窗外望去，老街小巷子里积着厚厚一层雪，而且天还在落雪。泡了温泉，吃过早饭，七时四十五分出门，借了旅馆门后放着的竹杖，去象头山山腰上的金刀比罗宫。我们住的旅馆就在表参道的路口。这时地上的积雪已有五六厘米厚。没想到在日本南部还能遇到这么大的雪。一路上行人很少，两边的店铺也多半没有开门。一两个早起的老人向我们打招呼，意思是这么大的雪还上山。从前去过的神社多半都在平地或者小山上，很少有这么高的。雪越下越大，估计一下总有三十厘米厚。一共登了七百八十五级石阶，先后到大门、旭社、御本社，雪中山景、神社建筑均极其峻美，在寂静中突然会有大块积雪从房顶落下重重砸在地上的声音。这可以说是此番四国之行最难忘的记忆了。

我从没有参加过旅行团。参加旅行团可能会有许多好处，譬如车接车送，但是去日本其实并不需要，因为那里的交通太方便了，而且无论火车还是巴士都特别准点。我们有时一天换四五次车，换车的间隔最少只有一分钟，仍然很从容。或许多约几个朋友一起出行也是好主意，然而每个人的兴趣和爱好都不一样，统一行动有困难。当地朋友接待陪同是很多人喜欢的旅行方式，但是我觉得，在日本自己活动很容易，没必要给别人添麻烦。我在日本也有朋友，每次去见上一面，此外就不再打扰人家了。

我是个读书人，读书其实就是"纸上游历"，现在旅行，读过的书也给了我许多帮助。夸张地说就是时时能与过去心仪的作家相遇。譬如我去三鹰朝向风博物馆（也就是通常说的"宫崎骏博物馆"），下火车沿"风的散步道"而行,道边是玉川上水,水浅而小,几为岸边竹木遮蔽,此乃当年太宰治和山崎富荣情死之地。太宰治的墓就在三鹰的禅林寺,墓碑上书"太宰治"三字,旁边一座墓碑则书"津岛家之墓"(太宰治本名津岛修治)。一九四九年十一月三日,太宰治的弟子、同为"无赖派"的小说家田中英光在此服安眠药并割腕自杀。太宰治墓的斜对面是森鸥外之墓,墓碑上书"森林太郎墓"。我还去过镰仓的七里滨以及水上温泉,都是太宰治自杀未遂的地方。我去青森的五所川原,从那里乘私铁津轻铁道往金木,火车上摆着一排太宰治的著作。金木的斜阳馆是太宰治故居,他出身于大地主之家,斜阳馆是一座豪宅,在那个穷地方给人一种居高临下、格格不入的感觉。我还去了热海的起云阁,这里曾经开设过旅馆,是包括谷崎润一郎、太宰治在内的很多作家偏爱的地方。太宰治在这里写作《人间失格》,与山崎富荣情死前三个月,他们一起在别馆的"大凤"房间住了两晚。把这些地方串连起来,我几乎遍寻了太宰治一生的足迹。老话说,读万卷书,行万里路。如果没有读万卷书的经历,我现在的旅程应该也不会这么有意思。 自由行要事先做攻略,包括旅行路线,停留哪些城市，去哪些地方玩，交通方式，住哪家旅馆，等等。每次出行之前，都要为此花很多工夫。这里最难解决的问题是在一个地方停留多久。是半天，一天，还是两天。时间不够，必然仓促，有些该去的地方来不及去，而以后未必再来这里了，夸张点说是终生遗憾；时间太富余也有问题，至少耽误了去别的地方。 我去过岐阜县的白川乡，是从金泽乘巴士去的，那是第一次乘日本的长途巴士，还提前托人订了车票，待到上车发现连我们只有五位乘客。白川乡是世界文化遗产，以合掌屋著名，也就是人字形茅草顶的木房子，地炉、马厩、水车、神社这些传统的农村建筑，都是祖祖辈辈传下来的。村里没有垃圾桶，游客要在离开时把垃圾带走。我们预订的是一家民宿，叫"十右エ門"，这家人已经在这房子里住了三百多年。主人笑着对我们说，我们的村子二十分钟就转完啦。的确，完全可以不在这里留宿，虽然在那里度过的一个夜晚印象美好。我们在村里闲逛，爬到山顶的瞭望台俯看村落全景，又去泡唯一的温泉"白川乡的汤"。傍晚沿老街走回民宿，临近，闻到紫苏的香味。我们住在一楼，打开隔扇门，对面就是池塘，有金鱼数尾。晚饭美味可口，还有老妇为弹三弦。饭后打伞出外在雨中闲逛，村里没有路灯，只有住家窗口透出的灯光。夜晚非常安静，听得见四处蛙声。

曾有人问我日本自由行的攻略，我答：概言之，去偏僻之地，住日式（带温泉的）旅馆。我看人家去日本旅游，老是在东京、大阪、名古屋等几个大城市转，我觉得这么玩法，其实没有领略到日本真正的好处。京都虽然很好，是必去之地，但日本除了京都之外，还有许多值得去的地方。我的经验，通新干线的地方往往不如只通JR的地方，通JR的地方往往不如只通私铁的地方，通私铁的地方往往不如只通巴士的地方。只通巴士的，如我去过的白骨温泉、乳头温泉、万座温泉、草津温泉、四万温泉、白川乡、上高地、马笼到妻笼那一段中山道、松崎、室户岬、足摺岬，虽然偏僻，其实都是名胜。

我看人家讲到日本温泉，就只提箱根；到东京，则必去浅草，说句不敬的话，这多少有点"未能免俗"。上述两处大概都是旅行社组团的目的地，自由行未必非得要凑这个热闹。

日本旅行的好处，在于便捷，安全，舒适。去日本一定要在行程里安排住几次日式旅馆，否则很难说"不虚此行"。日式旅馆多是私人的，代代相传，有的是"八代目"，有的是"十代目"甚至更多。客人来此多是"一泊两食"，即住一晚，吃晚饭和早饭。晚饭往往是怀石料理水准。日式旅馆其实是上好的餐馆，那两顿饭的价值几乎就相当于所交房费，住（八到十几叠的房间）实际上是半送或全送的。如果你住不止一晚，那么第二天店主一定会重新为你安排菜单，不让吃的与前一天重复。

在日本泡温泉是很好的享受。温泉有偏酸性的，有偏碱性的，有的水质清亮，有的呈铁锈色，有的温度很高，放个生鸡蛋进去马上就煮熟了，降温之后人才能泡。最好是露天温泉，我泡过山顶的，海边的，还有大雪之中的。在日本旅游，我们每天都走很多路。这回去四国，那里有传统的八十八寺巡拜，我们从第一寺灵山寺走到第七寺安乐寺，共十八点一公里。长途跋涉之后，泡温泉最解乏了。

还有一个吸引我到日本旅游的原因，就是东京及其附近、大阪、京都这些地方的骨董市。譬如大阪的四天王寺大师会（每月二十一日）、太子会（每月二十二日），京都的东寺弘法会（每月二十一日）和北野天满宫天神市（每月二十五日）。日本的这类旧货市场比欧洲卖的东西的档次要高得多，不是家里不要的破烂，但是价钱相当划算。我在这里买过人偶、瓷器等。不过近一年多来也许去的外国人多了，价格涨得很厉害，已经难以买到什么称心的东西了。

二〇一四年六月二十一日

后记

收在这本书里的文章差不多是与《惜别》同时写的，区别在于其一讲自己的事，其一讲别人的事，虽然讲别人的事也需要夹杂些自己的东西，譬如眼光心得之类。此外还有一点一致之处，即自己的事并不是什么都讲，凡是认为无须或不宜说与别人听的，抑或尚且没有想好该如何说与别人听的，我就都给省略了；议论别人时，也是将心比心，并不要求他什么都拿出来供外人去谈。此之谓"己所不欲，勿施于人"。

忽然扯到这个话头似乎有点无端，我是在杂志上偶尔读到一篇题为"陆小曼何故如此——校读她的两种版本日记"的文章之后略有所感。作者对比陆小曼生前出版的《爱眉小扎》（上海良友图书印刷公司，一九三六年）中的"小曼日记"与身后别人印行的《陆小曼未刊日记墨迹》（三晋出版社，二〇〇九年），发现当初她对自己的日记多有增删改动，为此颇致不满："学人流传一个说法，读传记不如读年谱，读年谱不如读书信，读书信不如读日记。可见对日记真实性的期许。名人日记，一经公诸社会，便具文献性，影响深远，出版者应该自觉地负起历史责任感。不然，只可混淆一时，岂得久远。纵然遂了眼前心意，代价是失却了诚信度，大大得不偿失。近年来，出版的日记越来越多，倘若忽略本真原则，其遗患怎敢想象。"我当然很明白研究者的心思，但好像更理解陆小曼的做法：出自自家之手的文字，为什么不能修订一下，哪怕改得面目全非。鲁迅出版他与景宋（许广平）的通信集《两地书》，不是也有增删改动么。作者自具权利，是非在所不论。

进一步说，日记和书信即便原封不动，也未必一定就是百分之百的真实。印行《两地书》的同一家出版社后来出了《周作人书信》，周作人在"序信"中所说"这原不是情书，不会有什么好看的"，被认为是针对《两地书》而言；他另外写过一篇《情书写法》，其中引一个犯人的话说："普通情书常常写言过其实的肉麻话，不如此写不能有力量。"对此周氏有云，"第一，这使人知道怎么写情书。""第二，这又使人知道怎么看情书。"这副眼光其实可以移来审视所有写给别人或写给自己看的东西。说来我对"读传记不如读年谱，读年谱不如读书信，读书信不如读日记"一向有所置疑，天下事都是相对而言，并没有那么绝对。

川端康成曾为一九四八年五月至一九五四年四月新潮社出版的十六卷『川端康成全集』的每一卷撰写后记，讲述自己的创作历程，内容多取自当年的日记。川端说："自从写了之后我记得从来没有重读过这些日记。没有读却也没有扔掉。三十多年仅仅是带着它而已。因为编辑全集重新读了一遍，随后它就将被付之一炬。"我联想到陆小曼，她只不过没有如同川端那般做法，结果就使研究者拥有了可供"校读"的材料；假如早早把日记烧了，反倒不会受这一通指责。"陆小曼何故如此"——大概同样可以拿这题目另写一篇文章。其间孰对孰错实在难以说清，反正我不太赞同一味强调"文献性"、"历史责任感"云云而不顾及人之常情。

二〇一五年四月十四日